本书由北京两山文化研究院（两山智库）特别策划

北京西山文化研究院

戴潍娜 / 主编

LIGHT 光 YEAR 年 5

我们这代人的赌注

中国社会科学出版社

图书在版编目（CIP）数据

光年．第五辑／戴潍娜主编．—北京：中国社会科学出版社，2022.12
ISBN 978-7-5227-1065-5

Ⅰ.①光… Ⅱ.①戴… Ⅲ.①诗集—世界②诗歌理论—文集
Ⅳ.①I12②I052-53

中国版本图书馆CIP数据核字（2022）第224602号

主　　编：戴潍娜
副 主 编：陈家坪
新媒体编辑：罗曼
装帧设计：赵瑾
别册插画：高远（《塔社》阿非工作室）
技术支持：浪波湾工作室

出 版 人　赵剑英
出 品 人　林恒宇
总 策 划　刘明清
责任编辑　张　潜
特约编辑　王媛媛　梁余晶　朱丽娟　葭苇
责任校对　王丽媛
责任印制　王　超

出　　版　中国社会科学出版社
社　　址　北京鼓楼西大街甲 158 号
邮　　编　100720
网　　址　http://www.csspw.cn
发 行 部　010－84083685
门 市 部　010－84029450
经　　销　新华书店及其他书店

印刷装订　北京君升印刷有限公司
版　　次　2022 年 12 月第 1 版
印　　次　2022 年 12 月第 1 次印刷

开　　本　710×1000　1/16
印　　张　22.5
字　　数　359千字
定　　价　88.00 元

目录

Transbounday

越界

Contemporary

当代国际诗坛

Essay

随笔

Interview

访谈

Sinologist

汉学家

Long Verse

长诗

Transboundary

越界

〔加拿大〕所以我们喝吧喝到战争终结

在低吟浅唱间盗取火焰

莱昂纳德·科恩谈诗、音乐，以及离开禅寺的原因（节选）

〔乌克兰〕黑麦永远被斜着割倒

不可切分，也不可融合

所以我们喝吧喝到战争终结

——莱昂纳德·科恩诗选

廖伟棠 ______ 译

莱昂纳德·科恩（Leonard Cohen, 1934—2016）

莱昂纳德·科恩，生于魁北克蒙特娄西峰（Westmount），加拿大创作歌手、音乐人、诗人以及小说家。他的作品中充满对宗教、孤独、性以及权利的探讨。科恩先后获选进入加拿大音乐名人堂、加拿大创作名人堂、美国摇滚名人堂，同时他被授予了加拿大最高平民荣誉加拿大勋章及魁北克民族勋章。

除了大量经典的民谣和摇滚作品，科恩的文学代表作包括：诗集《让我们比较神话》（*Let Us Compare Mythologies*），《尘世香盒》（*The Spice Box Of Earth*）；小说《最喜爱的游戏》（*The Favorite Game*），《一个蒙特利尔青年犹太艺术家的画像》和《美丽的失败者》（*Beautiful Losers*）。2008 年科恩获选进入美国摇滚名人堂时，致辞人娄·里德形容其是“最高水准与最具影响力的创作人之一”。美国诗人学会对其在艺术领域的一生做出过更加概括的评论：“虽然对于某些人来说，莱昂纳德在追求音乐创作时偏离了文学；但是对于喜爱科恩的人来说，他们更加乐于认为他作为一名通才跨越了多种艺术之间隐晦的界限。”

2007 年 1 月 15 日，西西里咖啡馆

现在我已在
我岁月的边缘跪下
且让我穿坠爱之镜

我所认识的那些事物
且让它们像雪一样飘飞
让我在头顶上的光明栖居

在耀光中
有日和有夜的地方
真理的拥抱最宽广

蕴含失物
亦蕴含寻获
蕴含你所写下，你所擦走

还有我的心何时裂开
我的爱何时诞生
在这难言之痛的谋划里
连蓝图也被撕毁

幸运的夜晚！！！ 2004年3月7日，星期日

比如说，在那个幸运的夜晚
我发现我的房子弄好了
我就可以神不知鬼不觉开溜
尽管欲望熊熊燃烧

借秘密楼梯逃离
我穿过森林
夜晚暗黑，但我安然无恙
我的房子终于就绪

但不管是否运气，我做了正确的事
没人看到我离开
在隐匿、盲目、秘密的夜——
我的心是唯一的灯塔

但是啊，这灯塔比太阳更确定地
照亮我的路
她在那儿等着我——
在所有的所有人中，唯一的她

然后夜晚驱使
我进入她的身体
就像亚当对夏娃一样
直到他们需要分离

因此我可以向她展示
为她、只为她一个人保留的东西
——爱在世界诞生之前留下的
一个秘密之地

她的乳头在我的手下
她的指尖在我的头发里摸索——
那从死寂中呼喊的森林
散溢着香气

风从墙上掠过
轻轻、静静地使我受伤
当我分开她的嘴唇时
风在双唇之间伤害了我们

且系泊在此，向我的爱人
我的爱人投降
我们像百合花一样蔓生、溺亡
直到永远、永远

全民就业

——致 V. R.（1978—2000）

凡妮莎从多伦多
直拨电话来。
她说我可以
依赖她
一旦我落拓潦倒。
挂掉电话
我吹起
我们分手的时候
她送给我的
那支六孔木笛。
我明悟了指法
吹得比
任何时候都好。
因为这笛声
我泪眼婆娑，
想起
她非凡的美
无人能躲，
还因为她说过
有一首歌丢失了
我被选出来
自所有的失业汉中，
就是为了重新找到
这首歌。

我看见你在窗里
而窗户大开
窗外虚无一物
窗内也没有任何东西

你脱掉你的凉鞋
甩开你的秀发
你的美丽卸下
而无处不在

故事已经杀青。
信件已经封缄。
你给我一朵百合，
但现在它变成一片芳原。

你想反击而你无法反击

你想反击而你无法反击
你想帮忙而你无法帮忙
枪不会开火
炸药不会爆炸
风在往另一个方向吹
没人能听到你
死亡无处不在
无论如何你都要死
而你厌倦了战争
你无法再解释

你再也无法解释
而且你像一辆生锈的老卡车
被困在房子后面
再也不会拉货了

你没有过自己的生活
你正过着别人的生活
你不认识或不喜欢的人
这即将结束
来不及再次开始
现在你武装起来也太迟

你所有愚蠢的善举

武装了穷人对抗你
你没有成为你想做的人
对他还是她都不感兴趣
我该如何才能摆脱这些
污糟邋遢脏乱垃圾
再也不能清洁
不能自由
被八卦和宣传污染

你累了，完蛋了
你再也做不了什么
这就是为什么如此沉默
这就是这首歌的目的

你无法再解释了
也无法进行挖掘
因为地表像钢铁一样
还有你所有的细腻情感
你的精妙见识
你著名的理解
蒸发掉了，变成惊人的
（对你）无关紧要的东西

我不记得何时
我写下这些
那是在 9/11 很久以前

花仇恨我们

花仇恨我们
动物咒我们去死
我一旦发现
我就杀了我的狗

现在我知道它们在做什么了
雏菊呀鸢尾呀玫瑰呀
为什么人之间没有和平
为什么什么都没用

没有回头路了
扔掉你朋友的花束吧
杀死所有的动物
但不要吃它们的肉

现在我知道它们在想什么了
它们的性器官袒露
它们皮毛发臭
它们牵动人心

如果它们赢了，它们会对我们做什么

没有它们多棒啊
只是过我们短暂的生活
时间也比它们更长
而且就目前来说，比它们更悲惨

花仇恨我们
动物咒我们去死
我一旦发现
我就杀了我的狗

他们恨我们
他们咒我们去死
醒来吧亚美利加
杀了你的狗

一条大街

我曾经是你最钟意的酒鬼
让你笑了又笑
然后我们运气都用没了
而运气曾是我们仅有的全部

你穿上军服
去参与内战
我尝试加入，但没人喜欢
我为之战斗的一方

所以我们喝吧喝到战争终结
我们喝吧直到我们相见
我要站在这个角落
那里曾经有一条大街经过

你丢下我给锅碗瓢盆
还有一个澡缸里的婴儿
而且你与民兵们混得亲密
你穿着他们的迷彩衣

我想这终于让我们平等
但我想和你一起行军
成为老红白蓝的续集中的
临时演员

所以我们喝吧喝到战争终结
我们喝吧直到我们相见
我要站在这个角落
那里曾经有一条大街经过

我今天早上为你哭过
我会再次为你哭泣
但我管不了忧愁来袭
所以不要问我何时再落泪

我知道负担很重
当你通宵达旦承受它
有人说它空空落落
但并不意味着它很轻盈

所以我们喝吧喝到战争终结
我们喝吧直到我们相见
我要站在这个角落
那里曾经有一条大街经过

马上就要九月了
未来很多年
每一颗心都在调试
以适应严苛的九月之鼓

我看到了文化的幽灵
它手腕上有数字
向我们都错过了的
某些新的结论致敬

所以我们喝吧喝到战争终结
我们喝吧直到我们相见
我要站在这个角落
那里曾经有一条大街经过

秃山之冬

在秃山过冬
僧人们铲着雪
自由摇摆着的，这无门之门
但似乎没人要走

又冷，又黑，又危险
路滑得像一个谎言
没人想待在这
而我，我宁愿死了算

所有的食物都是二手
每个人都抱怨
昔年的无价之屎
冻结在下水道里

在秃山过冬
僧人们铲着雪
自由摇摆着的，这无门之门
但似乎没人要走

忘了你的纯洁吧
还有你的瘢疤和污渍
你想攀爬秃山
你需要你的铁链

又冷，又黑，又危险
路滑得像一个谎言
没人想待在这
有人说他们宁愿死了算

你有喜马拉雅山
还有伟大的西藏平原
你想征服秃山
你需要你的铁链

2015 年 8 月 21 日

当欲望休息

你知道我在看着你
你知道我在想什么
你知道你有兴趣
我很老练
你会忘记我老了
除非你想记住
除非你想看到
欲望怎么了
它变得多自由
多么无耻地为爱纠缠
为每个女人
和她的丝袜。
当欲望休息
两个人心有灵犀
远远的在一张绿毯子上
（或者是青苔的花）；
两人从远处挥手
伸展如那必然
干涸的东西
带着温厚微笑
小圆脸上；
对欲望挥手
当它在前景歇息

形如山麓，入静，
虔诚得像汩水做的狗。

当你醒来

当你醒来，陷入惊慌
拉尔夫花店买来的郁金香
差不多枯了，
你为什么不换水
和修剪花茎？
也许你可以找个高点的花瓶
帮助这些花挺立起来？
当你醒来，陷入惊慌
恶魔几乎抓住了你
把你从信仰的悬崖扔下，
你为什么不躺下
躺在你日常生活
凶猛的熙来攘往前面
让一些琐事把你捣成酱？

1993 年 12 月 13 日

洛杉矶时报

《洛杉矶时报》
将由一个
名叫卡洛的人朗读。
他会在抱他
（腿脚不灵光的）老婆
去洗手间时死掉。
我将坐在阳光下
写他们的故事。
我的狗会死，
我的仓鼠，我的乌龟
我的白老鼠，我的热带鱼
我的摩洛哥松鼠会死。
我的妈妈和爸爸都会死，
我的朋友罗伯特和德里克会死。
希拉会死
在没有我的她的新生中。
我的高中老师会死，
沃林先生。
弗兰克·斯科特[1]会死，
他留下了一个自由的加拿大。
格伦·古尔德[2]会死

---

1 弗兰克·斯科特（Frank Scott，1899—1985），加拿大诗人，曾在蒙特利尔发起“新诗运动”，对科恩深有影响。也是加拿大新民主党的创办者之一。

2 格伦·古尔德（Glenn Gould，1932—1982），加拿大著名钢琴家。

在他的荣耀之中。

马歇尔·麦克卢汉[1]会死

改变了几种含义之后。

米尔顿·艾肯[2]会死

在他将雪茄在我的地毯上

弄熄之后。

莱斯特·B. 皮尔森[3]会死

戴着温斯顿·丘吉尔

的领结。

布利斯·卡曼[4]会死

在我习得他的寂寞之前。

七人画派[5]都会死

在卡莱尔的安妮[6]充满爱意的注视中

野营、搭帐篷、削鱼的地方

出名之后。

我的姐夫，

是“飞行常客”中最著名的

他会死，成为“真的女婿”

---

1 马歇尔·麦克卢汉，（Herbert Marshall McLuhan，1911—1980），是加拿大著名哲学家及教育家，也是现代传播理论的奠基者，其观点深远影响人类对媒体的认知。

2 米尔顿·艾肯（Milton Acorn，1923—1986）加拿大诗人。

3 莱斯特·B. 皮尔森（Lester B. Pearson，1897—1972），是第 14 任加拿大总理，1957 年诺贝尔和平奖得主。

4 布利斯·卡曼（William Bliss Carman，1861—1929），加拿大诗人。

5 七人画派（Group of Seven），是以多伦多为中心的加拿大画家团体，致力于风景画创作（特别是北安大略题材），并创立一种民族风格。这个团体由 T. 汤姆森和 J.E.H. 麦克唐纳于 1913 年发起并领导，在 20 世纪 20 年代和 30 年代极有影响。

6 卡莱尔的安妮（Anne of Carlyle，似指 Anne Carlisle，1956— ）美国演员，Anne Carlyle 是其当模特时的化名。

并留给我姐姐两百万英里飞行积分。

没关系

所有这些死亡都是

在我预言它们之前发生。

历史将忽略

连绵时间中的小失误

反而

专注于

我对多半是加拿大的问题

不懈的关心。

（医疗大楼露台，1999 年 11 月 15 日）

万福玛利亚

你迈出淋浴间
哦多么清凉和洁净
闻起来像一朵花
来自青草原
世界在燃烧，玛利亚
它空洞、黑暗且刻薄

我喜欢听你朗笑
这笑把那世界带走
我活着就为了听你笑
就连祈祷也免了
但现在世界卷土重来
回来就赖着不走

站我这边吧玛利亚
我们没时间可以浪费
如今水也不像水了
喝着带苦味
站我这边吧玛利亚
万福玛利亚

我懂你必须离开我
时钟嘀嗒响亮
我明白离别的时候到了
时间永劫回归
我的心变成了兵器
那是为什么我垂头丧气

站我这边吧玛利亚
我们没时间可以浪费
那动物在流血
花朵被践踏
站我这边吧玛利亚
万福玛利亚

印度女孩

你在等，你一直都在等。一直都是这样。每当你什么都想要的时候，你都在等；水壶对着金丝雀唱歌时，你也在等；那个印度女孩死于车祸前，让你和她做一场秘密的爱。你等着你的妻子甜蜜起来，等着自己的身体精瘦又阳刚，那个来自印度的女孩，在她麦凯街的公寓里，说，伦纳德，你等了我一下午，尤其是当我们都在你妻子的厨房里听着金丝雀鸣唱，那时欲望真的得到了你，我们仨站在鸟笼前，水壶吹着口哨，我们对金丝雀满怀期待，这首歌让我们三个人从下午出离，从冬天出离——那时等待对你来说太多了，那时我明白了你对我的欲望有多深和多么无私，当我决定邀请您投入我的怀抱。假如她这样对她自己说。然后我开车去她的家，她邀请我去她的公寓，她毫不抗拒我对她这黑暗陌生人的深邃、冷漠的感情，她看到了这个男人对她的痛心有多么泛泛，多么中立，多么残酷无情——她带我到绿色的救世军沙发上，在学生家具中，她带我去，因为她将在两周后劳伦森高速公路上的一场车祸中丧生，她给了我一个最后的拥抱，因为她看到要安慰我是多么简单，我很感激能被列入她在地球上最后一次慈悲活动之中。然后我回到了我的妻子身边，年轻的妻子，那位永远冷若冰霜、给我生孩子、一生中出于一种好理由或另一种理由而恨我、知道我哪些朋友好得越界的人。我们仨站着，听着金丝雀和水壶的二重奏，蒸汽笼罩了我们在滨海大道的厨房窗户，蒙特利尔的冬天关闭了所有东西，除了怀有希望的心。玛拉是她的名字，她来拜访我们，就像我们在那些日子的互访，我们驾车穿过大雪去会新朋友。

1980

在低吟浅唱间盗取火焰 —— 浅谈莱昂纳德·科恩和他的文学创作

廖伟棠 ______ 撰文

三分之一的人生，科恩是一个刻苦的诗人作家，三分之一的人生，他是一个万人迷歌星，还有三分之一的人生，他借由禅修重返最初的那位诗人。

1

二十多年前，我第一次知道莱昂纳德·科恩（Leonard Cohen，1934—2016），是在一本《20 世纪加拿大诗选》的最后几页。有好几年，我定义他是一位曾被蒙特利尔文学圈视为怪才的青年诗人，而不是早已闻名四海的歌者——那是 1995 年，他最打动我们的晚期作品《带我舞到爱的尽头》已问世而且已经传唱超过十年，我却要到三年后才在香港听到，那时它理所当然地成了我们世纪末情结的主题曲。

如果没有看他的传记《我是你的男人》，我永远也不会意识到，实际上莱昂纳德·科恩比艾伦·金斯堡和凯鲁亚克出道还早——他的处女作诗集《让我们比拟神话》与《嚎叫》同一年（1956）出版，第二年《在路上》才发表。在 20 世纪文青的文学系谱的序列里，文学名声与流行音乐名声属于两个完全不同的世界，相对于垮掉派诗人的震耳欲聋，科恩的早期诗作虽然也秉承西班牙诗人洛尔迦的超现实传统，还是显得保守和拘谨，也就是弱势。还有另一重天生的弱势伴随着他，就是加拿大诗歌一直属于英语文学的边缘，难以得到文学史和文青们的青睐。

作为一个圈子里的优秀诗人、行内人认可的天才、出版市场上叫好不叫座的作家——这样的身份起码维持到莱昂纳德·科恩三十岁，这种状态下他的挣扎、自信与对未来自己的孕育，犹如一部当代的《青年艺术家自画像》。这个比喻，和当年创作出小说代表作《美丽失败者》的科恩被地方传媒比喻为“蒙特利尔的乔伊斯”一样，有点让人尴尬。

是莱昂纳德·科恩的自信与自知，保证了日后自己的成功。早在他 26 岁出版第二本诗集《尘世香盒》之时，他就期待自己的作品的读者是：“有主见的青少年、爱河中痛苦程度不一的人们、沮丧的帕拉图主义者、偷看色情文学的人、僧侣和天主教徒、法裔加拿大知识份子、未出版过作品的作家、好奇心旺盛的音乐家，以及所有那些推崇我的诗作的人们。”这个期许有点像一百年前的惠特曼所张扬，真正做到的，却是数年后作为民谣歌手的他，而且还是靠著一个流行歌手茱蒂·柯林斯对他的作品《著名的蓝色雨衣》的翻唱而扬名。

然而正是因为莱昂纳德·科恩曾经是个寂寞冷门的诗人，才保证了他歌唱的时候与众不同。这两个身份的关键转折，在于科恩写完《美丽失败者》之后的幻觉——他看见群鹤遮蔽了天空落满了教堂的屋顶，启迪了他决定“去纳什维尔，去成为一名词曲作者”，这也是文学对他的“馈赠”的一个象征。

即使在科恩最红的那段时期，你都可以看到他对主流娱乐操作方式的反感，并刻意以一些让人感到与那个时代潮流格格不入的歌曲来表示他的游离。歌词里高冷费解的抒情方式固然是现代诗人的拿手好戏，实际上他的吉他清冷的演奏方式、压抑的吟唱方式，种种莫不是告诉听众：我只是一个偶尔来到闹市卖艺的林中隐士。

三分之一的人生，科恩是一个刻苦的诗人作家，三分之一的人生，他是一个万人迷歌星，还有三分之一的人生，他借由禅修重返最初的那位诗人。也可以说，一个始终不忘诗歌初心的人，诗最后会回来找他。谁也想不到科恩在其 50 岁时会到伯地山禅修中心出家数年，而禅修的结果是他最好的诗歌结集：《渴望之书》。

莱昂纳德·科恩的禅诗与传统禅诗大不同，拥有一种来自超现实主义文学的斩截的冷峻，比如那首《大师的声音》，极具禅妙，写了一个超现实的场景：背着一架水泥做的钢琴下山，最后达致的悟是“既然我正在死去 / 我不会后悔 / 每一个步履”。而超现实主义的冷与禅宗的冷，两种冷出音乐的热来凝聚，莱昂纳德·科恩的歌声有一种类似低音大提琴的安慰力，这种力来自于他对世俗快乐的眷恋——也正是这样，“思凡”本来是他修禅的干扰，却错打错着，启其顿悟。

他所理解的道，饱含对此世的尊重：“他的肚子非常幸福 / 李子干真是有效 / 没有人会去天堂 / 没有人会被留在地狱”《老师 89 岁》，其实正好呼应了禅宗“佛是干屎撅”这种还原真理的努力。莱昂纳德 · 科恩的法号叫“自闲”，他的禅修承垮掉一代的遗风（就像凯鲁亚克所记述，斯奈德和金斯堡用半生践行的），他们追寻真理的欲望，由禅宗的去真理化解脱了。

欲望是修行人的障碍，却成了这一代浪子证道的法器。莱昂纳德 · 科恩更是如鱼得水，“我跌入一朵郁金香 /（却永远触不到底）/ 或是我冲刺镇夜 / 汗水淋漓地交欢 / 对象约莫大过两倍 / 的大熊”《我喝酒的时候》，是我近年读过最精彩的性爱描写，最后却遁入禅悟：“松树们缓缓抵上我的胸口 / 伯地山 / 灰暗无趣的巨大圆石们 / 徐徐滑入我的心……”

真正的禅有一颗入世心，莱昂纳德 · 科恩更有：“我把头刮干净 / 披上僧袍 / 我睡在小屋一隅 / 山高六千五百呎 / 此地黯然 / 我唯一不需要的 / 是梳子”《思恋僧》，幽默感与哲学思辨皆不缺，佛以剃度要求他放下，他却只放下了梳子，欲念汹涌，我执的执念，反过来成为执着之美——“一个高贵的年轻女人 / 脱下牛仔裤 / 在我吉普车前座 / 让我触摸 / 生命的泉源 / 只因我和这泉源距离那么遥远。”这种直面、坦承，当然比伪道学更接近于真理。

《禅的崩溃》一篇佳句迭出，“我攀上铁梯 / 进入他胸膛的洞口 / 只因那忧伤浩瀚如中国”，“我可以把巨大的银色肩膀 / 送给细如针尖的月亮——那时我心碎一如往昔”，最后依然是借性抵达禅悟：“我一路喘息 / 知道进站 / 进入莎哈拉无与伦比的私密 / 再把空气搅进 / 容易淡忘的幽暗之茧——/ 在开悟的祭坛上 / 我何需颤抖？/ 我何需永远微笑？”

这种意蕴悠长的幽默在诗集比比皆是，《清晨在伯地山》在描写了一大套日本和尚穿着的严谨隆重之后，他说这“大约二十磅衣服 / 被我迅速穿着 / 在凌晨两点半 / 披挂在我巨大的勃起上”，性欲反而成了承担之力，老和尚当哭笑不得。他还写及很多对尼姑的意淫，却是高级意淫，《清泉在跳舞》“银河松开它的旋臂 / 附在清泉的臀部，/就如同遥不可及的世界，/还有尚未诞生的世界”他绝对正视和珍视欲念，这是浪僧一休禅师的禅——女性是他们的度母——最后又与西方主题吻合：永恒的女性，引领我们上升。

2

小说家是莱昂纳德·科恩较被世界文学研究者重视的身份。第一次阅读他的小说代表作《美丽失败者》，是2016年科恩去世的时候。那年我的阅读笔记写道：“蛰居在希腊小岛只写诗和实验小说的那个莱昂纳德·科恩，那一年才26岁。那是1960年代初叶，世界和他都似乎格外年轻，格外无邪。”

实验小说指的就是《美丽失败者》，我说莱昂纳德·科恩无邪，是针对《美丽失败者》文本上被指为淫邪的性描写而言，古语说“诗三百，思无邪”，无邪指的是写作者的创作念想之单纯，而不是文字上的道德洁癖。更何况，科恩在性之外别有所哀。

毋庸讳言，年轻时莱昂纳德·科恩的创作高度依赖于性的力比多、宗教幻象、忧郁症和诗人本能，他知道诗人作家需要挖掘自己最深、最暗的一面，就像他引用的弗洛伊德：“作家诗人创作时，应该纵容思绪嘈杂混乱，纵身跃入混乱的深渊，以期能带着美妙的东西浮上来。”

因此《美丽失败者》被呈现为一团乱麻，混杂着亨利·米勒《南回归线》、萨德侯爵《所多玛的一百二十天》、鲍里斯·维昂《我要在你坟墓上吐唾沫》等“邪典”滋味的色情书写实验，并且带有20世纪60年代迷幻文化的毒品催谷创作的明显痕迹，它不时在性与暴力的快感上加速起飞，想象力的华彩段落如直上云霄、颅内高潮。

但这一切的底下，是刻骨铭心的忏悔录，既是自身的忏情，也是对加拿大历史的忏悔。如今的加拿大除了新冠肺炎疫情的困扰，最大的丑闻是原住民寄宿学校虐杀儿童的黑暗历史浮出水面，再次勾起这个殖民地国家那些尚未和解的仇和冤。而这一切的源头在于殖民史上白人传教者与印地安人之间的残酷冲突，在五十多年前莱昂纳德·科恩等敏感的加拿大作家已经触及，《美丽失败者》在性与毒品的解放背后，其实有一半的篇幅有关于此。

“哦，F，”莱昂纳德·科恩问，“你觉得我能学会如何在一堆杂乱物体中认出钻石么？”“它们都是钻石”——他的挚友F如此回答。在这本书里能看到科恩最后一张专辑《你想它更黑》的黑暗，但也能看到他走向禅宗的一些端倪，上面这段像禅师对答一样的顿悟就是证明。也许，认出黑暗历史中的钻石，才是莱昂纳德·科恩之后的加拿大作家在今天最困难的任务。

2016年莱昂纳德·科恩去世，我们依然为一个呢喃着我们最根本的爱与恨的嗓音的消逝而震惊。对爱情的洞悉只不过是他最显露的一面，然而这一面已经够世人醍醐灌顶。在科恩的歌词里，欲望亦可以如此天真、又如此浩瀚，就像爱丽丝梦游仙境一般。

相对应的是他的嗓音，从年轻的第一张专辑开始，他就仿佛历尽沧桑，去到巅峰之作《带我舞到爱的尽头》，已经是上穷碧落下黄泉似的灵魂之舞。如果说鲍勃·迪伦像一个楚辞里的巫者，莱昂纳德·科恩更像诗经里那些漫不经心地掂摸着爱情的绝望魅力的醉歌者。

年轻时的诗人莱昂纳德·科恩丰富和疯狂的体验历程，到了晚年澄明时并没有被放弃或者否定，科恩使用了一种高难度的升华方式：那就是不升华，忠于基本。就像他早期歌曲凭借最简单的和弦弹拨、毫不精致的混音却达到让人迷幻欲仙之感一样，这是一种魔法，或者说修行。

《维摩诘所说经》云：“……天华散诸菩萨大弟子上。华至诸菩萨即皆堕落。至大弟子便着不堕。一切弟子神力去华不能令去。”——何故？“结习未尽，故花着身”，关键不是花着身如否，而是你想不想这花离去，花与法本无高下，何谓花不如法？所谓结习者，是弟子们心里把万物、物质与精神都分了一个高下的定见。而花既着身，本来也是可爱的，证明这些“觉有情”者还都眷恋尘世，“畏生死故色声香味触得其便也”，就跟莱昂纳德·科恩一样。

明悟到这一层，就能理解莱昂纳德·科恩的所有忏情录式诗歌的沉重与轻盈。有时你会误会这种洒脱是一种胡兰成式的无赖，就像在神奇如天籁的《苏珊娜》

里他所唱："她喂你茶和橙子／来自远远的中国／你正想对她说／你没有爱可以给她。"

但伤心沉痛的真相却是，你有无量爱，苏珊娜却无意接纳。因为苏珊娜是一个但丁的俾亚德丽采那样的引领者，她带领你进入另一个悲剧般的幻象：

> 耶稣是个水手／当祂在水面行走／祂也花上长长的时间眺望
> 自那座孤悬的木塔／祂终于明白／只有溺水的人能看见祂
> 祂说"那末所有人都是水手／只有海能让他们自由"
> 但祂自己却被毁坏／早在天门大开之前／被抛弃，几乎像凡人
> 祂在你的智慧中沉没／像颗岩石……（马世芳译）

在此处世代的崩毁、信仰的虚脱、价值观的天翻地覆……统统融入一个渴望不可即、可以性却不能爱的女性形象中，与其说她是嬉皮时代的女神，不如说她是里尔克《杜伊诺哀歌》中决绝的天使。她的决绝，把我们弃于自由。

于是我们终于明白晚年的他为什么常常使用华尔兹作为音乐的基调。1999 年世界没有末日，是莱昂纳德·科恩用一首《带我舞到爱的尽头》带我们体验了末日。末日不是终结，是循环，是永劫回归，一如华尔兹。在这当中那个浪荡儿科恩，一时是一休宗纯这样的禅疯子，一时是维庸那样的绞刑架上的圣愚，在众生的狂泉之舞以外，他不做鲍勃·迪伦那样的彩衣魔笛手，而是做那个始终忠于苏珊娜的舞步的情人。

3

作为莱昂纳德·科恩的遗著，诗集《焰》与其说缩结了上述种种主题，还不如说它拆散了那一团乱麻，重新编织了诗人生命最后阶段的舞步。

离开了禅修中心的诗人，并非两手空空地离去，除了保留与其饱受争议的师父佐佐木承周的几首对话诗，科恩修得的佛法心得已经融汇进他对自己一生的回顾中，以自然万物取喻。比如说《海底逆流》：

有一晚我出海
潮退时
天空显出凶兆
但我不知道
我会被海底逆流
牢牢抓住

被丢到海滩上
连海也不愿去那里
一个孩子在我怀抱中
一阵寒意在我的魂里
我心有一只
乞丐钵的形状

短诗分为两阙，上阙是一个西方式英雄悲剧的典型场景，从荷马史诗到但丁神曲都有如此套路；但下阕却是佛本生故事的变形，暗藏着牺牲与施舍主题的探讨，乞丐钵乃是行脚僧必备之物，也是僧衣草鞋之外唯一的身外物；孩子和寒意分别是生与死的投影，科恩以心为钵承受之，是大乘佛教的境界——但他并没有否定前面十一行里面的黑暗。

因为承认黑暗，就有了《2007 年 1 月 15 日，西西里咖啡馆》这样一首与前作成为镜像结构的诗。与心之钵对应的是爱之镜，结尾呼应海底逆流的，是依然被撕裂的爱之疼痛。然而中间饱含感激："……我所认识的那些事物 / 且让它们像雪一样漂飞 / 让我在头顶上的光明栖居……蕴含失物 / 亦蕴含寻获 / 蕴含你所写下，你所擦走。"依然是一个包容一切的承受者。

这种对庞杂万物的坦荡承受，可以在北美洲民主诗歌中找到根源。虽然莱昂纳德·科恩没有表示过，我们还是能从他诗集中最长的两首致敬诗读出惠特曼的影响。那两首诗分别献给弗拉门戈歌手安立奎·莫伦特和雕刻家摩顿·罗森嘉登，前者基于科恩数十年对歌唱艺术的思考，以一连串相悖的立场和行为展开（就像惠特曼常常做的），到达"当我听莫伦特歌唱 / 我很谦卑但没被羞辱 / 我现在和他一起 / 走出我无法成为的黑暗 / 进入我无法歌唱的歌里的黑暗”的坦率。实际上这也是科恩对自己艺术的夫子自道，他描述了一种诗与乐的理想状态。

向罗森嘉登致敬那首更为抽象、理念化，虽然像给好朋友的作品做广告，但里尔克式精神向度的深挖得到了对物自身的回归的响应，后者是禅悟般的光：“一件罗森嘉登作品会赞美支撑它的木头 / 因为它是由跟一百年前制造桌子的大脑 / 相同的大脑制造 / 那是忠诚、纯熟和谦虚的头脑 / 它耐心地表现出一件工艺品 / 难以言喻的无用。”

诗集更多的还是洛尔迦式抒情诗与美式叙事诗的交替出现，两者的共同之处是幽默感，童谣的幽默与布鲁斯音乐的幽默被科恩统一了，那首《古风歌谣》简直像从安达鲁西亚的小酒馆里传出：“我有小小一颗银心，/ 这红色叠叠的玫瑰。/ 心是起初你给我的那颗 / 玫瑰是结束时的那朵。”无法不让人想起洛尔迦那首《海螺》。

作为现代歌手，布鲁斯乐风已经渗进他的血液，也更得心应手。像《花仇恨我们》《从来不给人惹麻烦》这种黑人怨曲的辛辣之作，和非常现实主义的《老朋友》这种内化布鲁斯来源的底层叙事，充分证明了莱昂纳德·科恩即使成了全球明星，也没有放弃理解他身处的社区和历史，这点与《美丽失败者》对印第安处境的关怀也是一以贯之的。更何况他还有不少布莱希特式的讽刺短诗，直指本身所处的中产阶层的虚妄。

而他最拿手的还是关于爱、欲和忏情，和前述早中期作品不一样的是，这个浪子早已进入“贤者时刻”。他使他的文字游走于情爱缱绻中，也游走在半辈子的爱恨里。数者呼应如共舞，非常自然、清新地从尘世的纠葛中踏步而出，充满感激，在《谢谢你的舞》里完成一个最优雅的谢幕：

如此美，如此快
我们忽焉在前，忽焉在后
排在
欢乐神殿的队伍
但是绿太绿

蓝太蓝
我太我
而你太你
危机轻盈得
像羽毛一样

谢谢你的舞
它如此糟，如此棒，如此有趣
谢谢所有的
舞
一二三，一二三一

最理解莱昂纳德·科恩的人，也许还是编辑这本遗著的他的儿子亚当·科恩。亚当说："我父亲，在其他身分之前，首先是位诗人。他把这个职业视作——如他在笔记里写下的——神（God）赋予的任务。"他这样阐释诗集的名字"焰"："有许多火和火焰，代替创造与毁灭、热与光、欲望和实现，贯穿他的作品。他点燃火焰，辛勤地看顾它们。他研究并记下它们最终的结果。他兴奋于它们的危险——他时常谈到其他人的艺术不够'危险'——赞扬'在火焰中生出的思想所具有的兴奋'。"

的确，冒险，无论是情爱还是诗艺、歌艺的冒险，是莱昂纳德·科恩一辈子钟情的事，因此，他才采撷了那么多迷人的火焰，交给同样不怕危险的我们。

莱昂纳德·科恩谈诗、音乐，以及离开禅寺的原因（节选）

王天宽 ______ 译

有很多我想要做的事。但当你真的站进了壕沟，你面前有一张纸，吉他或键盘在你的指尖下，你必须应对那股四方涌来的力量——你知道的——那股升起、带着某种急迫性现身的力量。

原始访谈于 2006 年 5 月 22 日播出

主持人：泰瑞·葛洛斯（Terry Gross）

邀访单位：FRESH AIR

（播放《千吻之深》）

玩耍手段，我渐渐无力脱身／再度回到残酷街头（布吉街）／你松了控制，你失足滑行／跌进一部杰作当中／或许我还有长路得走／还有承诺得守／但你扔掉一切，好继续过活／在千吻之深

葛洛斯：欢迎来到 FRESH AIR，莱昂纳德·科恩。很荣幸邀请您来这个节目。

科恩：谢谢你。

葛洛斯：在《千吻之深》这首诗里，有一个词“布吉街”。布吉街对你而言意味着

什么？

科恩：布吉街就是我们的日常。我们全都在布吉街上。有时候我们以为可以离开，去到山上去到洞里，但绝大多数时候，我们都在布吉街上奔波，怎样都跑不掉。

葛洛斯：但你从布吉街遁入西海岸一座禅寺，有好几年的时间。你在那里待了五年？

科恩：我在那里待了五、六年，是的。

葛洛斯：所以我猜，你的生活就是在布吉街和冥想之间，交替着？

科恩：其实禅寺正是布吉街的一部分。事实是这样，当你在布吉街上，你回家回到住所，关起门，这时你便消除了世界的其他部分，你仿佛消除了布吉街。所以比起禅寺，你在布吉街上更能够逃离布吉街，因为禅寺是设计来消除私密空间的。
俗话说，僧人彼此打磨，像布袋中的鹅卵石。所以在那样的情形下，你永远得面对某个人。在某种意义上，无时无刻得去面对某个人就是布吉街。

葛洛斯：嗯，那一定很困难。我的意思是，我印象中你有孤绝隐僻的名声，所以我们总是想像你在禅寺里过著隐居的生活，但现在你却说你一直和其他人处在一起。

科恩：是的。当你在那里——那里的设计就为了推翻隐居的欲念。

葛洛斯：你有一些诗，具有诗与歌交替的形式，像我们开场播放的《千吻之深》。你也会将其他人的诗放进歌曲里，包括拜伦的一首诗。对你来说，诗和歌词之间存在着很大的差异吗？

科恩：嗯……有一些诗的确非常优雅地躺在书页上。举一个明显的例子，E.E. 康明斯的诗呈现在纸上，就有某种优雅。有一些诗生来就该被静默地吸收，而要用怎么样的节奏吸收则取决于读者。可以返回去读，可以快进地读，也可以徘徊于某个句子。

另外有一些歌词，它们有自己的韵律，和强大的意旨，它们邀请你快速地一行接着一行读下去。也有一些诗——我的诗——总是一首歌的候选人。有时它们落选，而有的时候，它们获选了。

葛洛斯：拿那首《著名的蓝色雨衣》来说，我认为它的歌词非常好，好到可以成为一首诗。我的意思是，它写得真是太好了。

科恩：有几句歌词确实做到了。

葛洛斯：起初你把它写成诗还是歌？

科恩：我把它写成歌。但对我而言永远都是一样的，总是后来才发现我能成功，有个旋律升起了。也有的时候，旋律是升起来了，却没有成功。或者另一种情形，如你所知，一段旋律和一句歌词同时升起。但，你又发现，那句歌词配不上这样的呈现方式，结果你就空有一个好曲调。

葛洛斯：可以谈谈你如何为那首歌写词吗？

科恩：我不知道。我不记得它怎么产生的。我不记得任何一首歌的歌词是怎么写出来的。

葛洛斯：画面呢？“著名的蓝色雨衣在肩膀处被划破”，你记得这个画面是怎么来的吗？

科恩：噢，我曾经有一件Burberry的蓝色雨衣。它有许多扣环和各式各样的配件装饰，是一件非常引人注目的雨衣。我从来没有见过像这样的雨衣。我大概是在伦敦买的。它一直在我的记忆深处，透出某种闪闪发光的可能性，那种可能性我怎样都无法实现。

所以它就开始代表那种无懈可击的浪漫生活、隐形斗篷的反义，那件将引领你进入肉欲和智性的壮丽探险的衣服。我想，那就是它的象征。

葛洛斯：真棒。那是不是真有一位像歌曲中描述的人物，对你而言亲如兄弟，却背叛你，和你的情人纠缠不清？我想问的是，这究竟是故事，或真有其事？

科恩：这个嘛……这种事发生过很多次。我想我特别会发生这种事。当一个人活在那种世界就是会这样。很幸运的，你知道，我已经被逐出那个特别危险的花园了，你知道吧，因为我的年纪。

葛洛斯：（大笑。）

科恩：所以我现在参与这类演习的频率，不像过去那么频繁了。但我认为，当一个人活在那种世界，即使情况没有造成任何灾难性的裂痕——像《著名的蓝色雨衣》造成的那种结局——一个人总会越靠越近。人总是会保护自己所爱的人，而人总是会在某种情感中，渐渐靠近忌妒的边缘。

葛洛斯：你说你好像免于受到像是性的欲望或者忌妒之情以及那个世界的一切困扰，因为……

科恩：嗯。一个人不可能免于被……但一个人可以不……不像以前一样受欢迎进入那个花园。（大笑）

葛洛斯：但是你知道吗，这有点提醒我想起你写的一句诗，我非常喜欢那个句子。在《歌之塔》这首歌里，你有这一句：我痛在过去玩乐之处。

科恩：是啊，完全正确。

葛洛斯：多棒的一句诗啊（笑）。

科恩：是。

葛洛斯：这是你的血汗之作吗？还是就这么写出来了？

科恩：就这么写出来了。但写出来前你要流很多汗。换句话说，你要舍弃——我的情况是，在下笔完成之前，我无法舍弃任何东西。所以我必须写下我舍弃的句子。这样做花了我很长的时间。

我必须先写下一个句子，才知道它是否值得存在于这首歌里。因此，所有的歌都花了很长的时间才完成；然而好的句子会不请自来，总能预期它们到来；而要预先见到它们，所关系到的是对这工作极有耐心的投入。

葛洛斯：你似乎被两个相反的引擎所驱使。一方面，你有好多歌是关于情欲、欲望和美的，也就是在追寻各种欢愉；同时，你又花了好几年的时间投入冥想，显示你有一种想超越自身的欲求。

也因此，你的歌清楚地表明了你并非不熟悉沮丧、懊悔和恐惧，而这些，正是人们试图透过冥想来止息的事物。是否因为欲望如此地宰制了你，才使你成为一个佛教徒？

科恩：嗯……老实说，我从来没有成为佛教徒。

葛洛斯：那我是否可以用这个字眼——冥想修行?

科恩：嗯……我甚至不……我只不过在很多年前，碰巧遇见了一个禅师，就只是这样。我没有在找寻一个宗教；我已经有一个很完美的宗教信仰。我更不是在寻找一套新的仪式或经文或教条。我不是在追寻这些东西。

我不是在追寻任何崇高的或精神性的东西。我确实强烈意识到我混乱人生的失序状态，不只混乱还低落又悲哀。我不知道这些东西从何而来，而当时流行的精神分析和诠释似乎都没有谈到我感受到的这些事物。

所以我必须看向他方。我遇见了一个人，他似乎能很自在地和自己相处。对他而言，自在地和自己相处、和他人相处，似乎是一件很容易的事情。因此我并没有很深入地研究他到底在说什么，吸引我的是他这个人本身。

葛洛斯：你又是如何决定要离开禅寺的?

科恩：我不知道。说真的，我从来都不知道为什么我要做这做那。我不知道是不是能够告诉你整个故事，因为这是很私人的事。但在当时，去见禅师然后成为一个和尚，是一件理所当然的事。对我而言成为和尚是合乎礼仪的，因为假如我要出现在他的道场里，我就得身穿袈裟。

正如我常说的，如果他是一位海森堡的物理学教授，我就该在海森堡学习德文和物理。所以成为和尚，对我而言合乎礼仪。但在禅寺的生活不论当时还是现在都是非常严苛的。我的意思是，它被设计来颠覆一个二十一岁年轻人的生活方式。我呢?我已经是六十几快七十岁的人了。

这是其中一个原因。但我还有一种感觉，那样的生活没有任何好处，而且无法真正道出我的悲哀的问题核心，而这个问题核心似乎是我的情感、活动、思想……一切的背景。

所以我开始感到我花了很大的力气，却获得很少的回报。那是一种、我有的一种表面的感受。有其他模糊不清、难以描述的感觉。比起对谈，它们值得、甚至应该在歌或诗中被描述出来。

葛洛斯：作为一位音乐创作者，你是否感觉自己和某些人有一种连结。比如欧文·柏林（Irving Berlin）、柯尔·波特（Cole Porter）、哈罗德·阿伦（Harold Arlen），这些经典的美国流行歌创作者？

科恩：嗯……我想他们都比我好。你知道吗？我就是觉得他们都比我懂音乐。像柯尔·波特这样的创作者，他的韵文要比我优雅得多。我的表达方式很有限。我尽我所能，尽一切努力去做到最好，但我无法达到——也许除了某一两首歌，比如《哈利路亚》（“Hallelujah”）、《假如这是你的意旨》（“If It Be Your Will”），我想它们大概是我最好的两首歌——我不觉得我有达到那些伟大创作者所在的位置。

葛洛斯：有趣的是，你有录制一首欧文·柏林的歌《永远》（“Always”），而且最后还加上几句你自己写的词。

科恩：没错。

葛洛斯：它是很甜美的一首歌。你知道，我将永远爱着你，以一种永远真挚的爱，你知道，不是只爱一小时，不是只爱一天，你知道，不是只……

科恩：非常美的一首歌。

葛洛斯：是啊。如此美……但是，你最后的几个句子把这首歌的可爱甜美剥夺掉了。突然间，就变得黑暗酸楚。

（大笑。）

科恩：我就是有这种不让人失望的本事。

葛洛斯：（笑）确实。如果你不介意的话，我现在就来背你最后几句歌词。

科恩：没问题。我不记得我写了什么。

葛洛斯：不是只爱一秒或一分或一天，不是只爱这周末或一次洗澡的摸索，不是只爱这个夏天然后到了冬天就变酸了但直到永远。（笑）这就像……

科恩：写得很好。

葛洛斯：写得非常好。

科恩：真的是很好。

葛洛斯：那你有没有觉得比起那些经典的创作者，你写的歌更加愤世嫉俗？

科恩：你知道吗？这是我这几天一直在问自己的问题。不知道为什么，我听了路易斯·阿姆斯特朗的《多么美好的世界》（"What a Wonderful World"）之后，时不时我会因为某种奇怪的理由又去听一次。它是一首如此美丽的歌曲，然后我会在心里想：我何不写一两首这样的歌留存于世？你知道吗？我真的很想这样做。
有很多我想要做的事。但当你真的站进了壕沟，你面前有一张纸，吉他或键盘在你的指尖下，你必须应对那股四方涌来的力量——你知道的——那股升起、带着某种急迫性现身的力量。

葛洛斯：我想问你几个关于美的问题。这个问题还蛮恼人的。你知道，当美丽的事物现身，人们不需要别人教他美引起了怎么样的喜悦，也不需要告诉他美丽的人有什么吸引力。但若说到生理上的美，有时那也可能是一种表面的美。有些人几乎变成它的奴隶，要么想成为美的化身，要么牢牢地被成为美的化身的人吸引过去。在你的歌《雀尔喜旅店 No.2》（"Chelsea Hotel #2"），有几行这样写——原谅我好像要毁了你的句子，像这样引述，但……

科恩：（大笑）你不会毁了他们的。

葛洛斯：（大笑）你写下，"你再一次告诉我，你偏好英俊的男人，但为了我你愿意破例。你为了我们这些被美压迫的人紧握拳头，你修复了自己，你说，别在意，我们很丑，但我们有音乐。"

你是不是认为你就是被美的形象所压迫的人？

科恩：当然，会这样的，这种状况一直都在发生。然而，你要知道，你必须极度谨慎面对这种事；对一个老头子而言，把自己真实的感受表达出来，是非常不适当的，因为那些感觉真的会被解读到。所以你老了，就必须把这一面隐藏起来，不然你就得用一种慈祥的方式来表现。但依然，你真的就是被刺伤了。你动摇，然后跌落。

黑麦永远被斜着割倒

——鲍里斯·赫尔松斯基诗选

汪剑钊______译

鲍里斯·赫尔松斯基（Boris Hersonsky, 1950–　）

鲍里斯·赫尔松斯基，诗人、翻译家和散文家。出生于敖德萨一个医学世家。1973 年，毕业于敖德萨医学院，获医学副博士学位。曾担任敖德萨大学临床心理学教研室主任。他主要用俄语写作，被认为是“俄语诗歌发展过程中的核心人物之一”、“乌克兰最出色的俄语诗人”。20 世纪 60 年代末，开始在非官方的文学刊物发表作品。在 20 世纪 70 年代和 80 年代，他是敖德萨非官方诗歌中最引人注目的人物之一，不仅是萨米兹达特（地下文学）社会运动的成员，而且还是非官方书籍的发行人。1993 年，出版第一本公开发行的诗集《八开本》。此外，还出版有《篱笆之外》《那里与那时》《大理石叶子》《画一个人吧》《已逝时间的动词》《家庭档案》等诗集。其作品已被翻译成英语、意大利语、德语、荷兰语、芬兰语、保加利亚语、格鲁吉亚语等。

敞开的窗台上摆着一台留声机

敞开的窗台上摆着一台留声机，
后来是对着庭院的收音电唱两用机。
罗斯涅尔折磨小号，卡拉尼亚摆弄萨克管。
马格玛耶夫奔走呼喊乌拉。
一个大兵皱着眉头从旁边走过。
这似乎是昨天或者前天的场景。
美妙的音乐，丁香的芬芳，五月的夜晚。
音乐适应所有人——努力愉悦所有人。
和声——五个和弦，几个出色的主题。
从门口、街道和阳台获悉每一个调式，
然后抓住它们，吹着口哨向前走。
在教堂演奏，为了赢得下棋的时间与金钱，
听来，“将军”的声音少于“将死”。音乐在耳畔游移，
演奏，卖力地演奏，不能够结束，
胶片盘在旋转，唱针滑动。

当你环顾四周

当你环顾四周——让贝雷帽感到惊慌，
最好垂下了眼睛并继续前行。
哦，在森林里，沿着这条黑色道路，
哦，在白云之下，在赤红的天空下，
走过山岗，走向有着十二大门的城市，
但你并不知道前面有什么，兄弟。

哨兵们在这些大门旁边酣睡，
他们从头到脚全穿着金色的盔甲。
不论怎么叫唤——就是不睁开眼睛，
唯有天使的号角声才能唤醒他们。

城墙高耸，而大门紧闭，
他们对你说——站在黄色界限内。
安静地站着，准备好证件，
穿过城墙以后——是整个的爱情。

对于射手而言人本质上就是一个标靶

对于射手而言人本质上就是一个标靶，
他可是团队的荣誉之子，恶棍之冠，
人的出生实际就为的是成为目标
耳畔的嗓音无论怎样冲刷都不失完整
人一旦被冲刷就会被搓洗成零
想起上帝曾经对他说过，你来自尘土
你必归于尘土，恰似他以前竭尽所能
去忘掉在圣诞日曾听到的那些话
人实际就是包含了矾土的一抔黑土，
他实际就是我们无法拯救的砂岩
让他戴着小丑的帽子奔跑吧
让我们相遇并装作那是一个我们陌生的青年

风力磨坊的磨石在转动

风力磨坊的磨石在转动，
翅膀旋转——数里之外就可看见。
那响亮的战斗荣誉延伸到国境之外，
犹如罐头绑在尾巴上发出
唉，勃洛克歌颂过自由！没有了十字架。
人是上帝的仆人，但不是统治者的奴隶——上天啊。
荣誉的铁罐在轰响，可惜那是个空罐。
磨石在转动。可惜它已没什么东西可碾磨。

赶紧画上一个小人儿

赶紧画上一个小人儿，他非常快乐，
在一本脱落日历的边角上，
只要一瞬，他就会连续跳上五十年，
不能点灯，也擦不亮晚霞。上帝，一切皆徒劳。

经过嘴巴在旋转的一张黑丑脸，
经过照亮战前老式电话的
一盏灯泡，（接下来会发生什么？）
你最先听到的是嘎吱声或是呻吟声。

拐角有一个走廊，尽头是卫生区，
挤出气泡，然后排空水箱，
类似的程序，拱形的天花板，
一只灰色的蜘蛛在细丝上晃动。

拐角有一个走廊，房门对着房门，
每扇门后都有生命在痉挛，身体在扭动，
传来奇怪的低语："赶紧！进来，转身，闭眼！"
它会燃成灰烬，不剩一点热量。

上帝，我还能这样站立多久，
背对着现实，向后察看
那些掴开的褪色胶片，
清晰的轮廓，明白时势已不再。

仿佛面对一堵墙，一张陌生的脸，

你希望我走？我就离开，事情就此了结。

仿佛进入一个角落，跪在豌豆上，

你希望我走？你数到三，我就离开。

古老的小酒馆名字叫旋转

古老的小酒馆名字叫旋转
旋转旋转向着某处奔跑
留给我们穿堂风与后院
一部分是辩解和借口
那里唯有杯子还在旋转
小小的良知犹如穴居的老鼠
一个不断被鞭打的好男孩
一本从头到尾的旧书
一段从装饰到装饰的人生

你是否记得绿色珐琅的杯子
还有一个花饰的铸铁踏板
储藏室内的废物和旗帜
这一切都蒙上了灰尘与湿气
泪已流尽这是欲哭无语的一切
在影子剧院演出已经取消
从水壶倒出一口不可能的饮料
少男少女我们有一大帮
书写深夜的诗歌但纸张不够

黑麦永远被斜着割倒

黑麦永远被斜着割倒。这里天使都不起飞，
孩子也不奔跑，静坐在家中，慢慢老去。
这满脸皱纹的人，在报纸背后消磨着死亡，
这个枯瘦的人望着浮子，自己也不知为什么。

鱼饵在周围游来游去，香蕉鱼并不上钩，
甜蜜地爱我吧，温柔地爱我吧 。永远的猫王。
每个人都在安慰那半大的孩子。
栅栏正在倒塌，篱笆门已经打开。

夕阳低声说道：你瞧，我即将燃尽！
深渊在招手：孩子，到这儿来吧！
愈来愈近，愈来愈到边缘。
我哪儿都没去。其余的一切——杳无踪影。

凯旋门有一个桎梏的形状

凯旋门有一个桎梏的形状，
远处胜利的欢呼犹如手榴弹的爆炸。
戒备森严的宫殿同样是一座监狱。
面对老爷弯过脊背——你就以为永远是驼子。
曾经跟下流胚握手——你就以为失去了双手。
曾经赞美过暴君——你就以为不再有说话的能力。
你不想被埋进泥土——却如同麦秸秆、纸片、木头、
虚空，不得不躺进了高耸的——木屑堆。

矿井深处有一枚洲际导弹

矿井深处有一枚洲际导弹，
它已久不见天日——非常无聊，
虽不能翱翔在大洋上空，却期待爆炸，
要知道——只需轻叩按钮，就可以
冲向自由，用圣巴巴拉和万能的圣父之名，
将沉甸甸的圣水泼向那些芸芸众生。

它在黑暗与呆滞中战战兢兢，
它忍耐着，但忍耐并非永无休止，
它感到不安，内心颤栗不已。
一个穿灰色西装打灰色领带的男人，
既不炫耀力量，也不吹嘘尺寸，
但在任何情况下，最好别打搅他。

他与导弹是同胞的亲兄弟，
他在梦中仍将导弹拥抱在怀中，
当然，这是乱伦，但禁忌之果十分甜蜜。
领袖与军事装备戴上法律之外的桂冠，
爆炸性危险的怀抱具有极大的诱惑，
隐秘的红色按钮，亲爱的密码。

罗马的天空充满了云彩和椋鸟

罗马的天空充满了云彩和椋鸟，
充满了小天使，还有神父。
卵形的圆顶——教堂在此孵化雏鸟。

它们出壳，唧唧鸣叫，教堂把所有雏鸟拢在翅下，
教导它们去辨别哪是善，哪是恶，
苦难用一张密网笼罩大地，
有一只大眼睛透过凸面玻璃望着我们。

我们看起来更大更好看，门廊与圆柱之间，
是历史美丽的碎片，是圣母漂亮的玩偶碎片，
哦，那是开阔的广场，喷泉，万神殿，

埃及的方尖碑从大理石大象的背脊上耸起。
玛丽娅坐在纺锤旁，看着天使，
轮子在转动，但城墙却纹丝不动，

信仰的工事，塔楼，戴着金面具的侍卫
枯干的尸体，大理石翅膀
在石棺上方张开，失去温度的石头。

死神说道："来吧！我已等你很久！"

没有脑回的大脑是没有骨头的舌头

没有脑回的大脑是没有骨头的舌头，
偶像全能的地方——不通消息的士兵，
方尖碑伫立，犹如刺猬的尖针。
诉讼是无意义的，尽管案卷清楚，
抗疫是荒谬的——总是会失败，
房屋犹如墓室，一座座死城。
人感到发冷，尽管秋天还很暖和，
一条恶臭的小河绕着生命流淌，
流淌，干涸，如同发动机
逐渐熄火，但是喷口迄今还在冒烟。
到处是喀迈拉 和成群结队的影子，
少先队员站在永恒之火的旁边。
没有人悲伤，一切烧成了灰烬。
发霉，寒意袭人，尽管天气暖和。

你知道这座城市受到了诅咒

你知道这座城市受到了诅咒，即将被焚烧。
没有纪念碑留存，也看不到巨大的柱子，
也没有女像柱头顶的那些阳台，
只有一片焦土，灰烬下掩埋着羞耻。
你知道这座城市受到了诅咒，宿命的居住者，
但你还有星期六的电影票，
衣服不曾熨烫，手提箱是空的，
金灿灿的十字架依旧在圆顶上闪烁。
你知道这座城市受到了诅咒，艾蒿是一颗凶星，
但需要弄清楚，火车驶向何处，
将钥匙交给谁可以让屋子更加安全，
谁更加值得信任——告密者？刽子手？
刽子手更可靠一些——他们陪你到生命终点，
告密者更加谨慎，尽管也没遮住面孔。
且让城市在明天就地化作废墟，
我们都是罪有应得，正是我们占据了它。

奇怪的是我仍然能找到回家的路

奇怪的是我仍然能找到回家的路，
只是直到抵达，才明白，家——不属于我，
窗户已被钉死，它的墙壁冰凉，
画像被拆下的痕迹迄今还很明显。
这里曾经挂过风景画，那里是女性肖像。
墙壁曾经有过镂花模版的装饰。
那里摆过一张书桌，这里是书架。
“同志，你说，究竟发生了什么？”
“你本人又去了哪里？”我的同志回答：
“你能找到回家的路，还是说声谢谢吧。”

谁都不会死

本质上一切皆无，除了童年，甚至连本质也没有，
形式愈是独特，类似银河系或附近的行星，
或者天文台里倒映在数千恐怖的镜子中的空洞，
人就愈会寻找无限，最终也会找到所寻觅的东西。
你说，现在该怎么处理这恐惧，怎样与之相处？
如果仅仅只有童年、公园，还有小径上被踩踏的鸭茅，
五月的丁香气息，小山冈，捷克的水晶器皿，
奥斯特洛夫斯基的小说《钢铁是怎样炼成的》。
铁盒里的蒙巴斯水果糖或黏糊的焦糖，
神奇的梭子鱼——艾米丽觉得已经足够，
地下的室内靶场——全都命中目标。
谁都不知道，这目标是扁平的彩色小兽，
子弹在动物身上嘎嘎作响，它侧翻倒下，
还有三粒子弹存放在火柴盒中。
他不知道，水到了冬天将转化成冰。
他不知道，“福沃尔特 ”在俄语中意味“前进”。
他并不知道，我们何时长大，谁都不会死。

他们会用刺刀将这具尸体搁放到宝座上

他们会用刺刀将这具尸体搁放到宝座上，
里面有足够的肉块投喂两大群乌鸦食用。
但乌鸦的尖喙将躲开这肉类的食物。
俄罗斯人，被你们的俄罗斯之春窒息。
因为，这个春天之美来自鲜血，而非鲜花。
新娘不属于你，也跟媒人不相干。
新郎的宝座是一个金锥子，对你的狗屎而言，
抽水马桶的黑暗实在太窄小。
谁，谁在地底深处，谁坐在混凝土的盒中？
谁，谁是宇宙强盗，谁是老鼠，谁是原始穴居人？
谁将铁制移植片放进了核按钮的箱子？
谁是前男孩，谁是前间谍，谁是前特工？
谁，谁是忘掉了良知与羞耻的独裁者？
所有人都知道是谁，问题是——他藏在了哪？
他的洞窟在哪里？他在躲避谁？为什么？
什么样的思想徘徊在混乱的脑子里？
楔子似的地下红光插在了谁的身上？
在哪一根尖刺的末端，我们能找到明确的答案？

不可切分，也不可融合

鲍里斯·赫尔松斯基（Boris Hersonsky）______著　　汪剑钊______译

今天，俄罗斯诗歌既不能带来金钱，也不能带来真正的荣誉。美丽的贵妇人不会因为诗歌而爱上诗人，国家也不会因为登基的颂歌而给 K 先生以奖励，用诗歌杂耍的外国侦探也不会背叛土地的行为给出报酬。

“诗人”一词在百科全书和辞典中通常需要在前面加一个形容词。那么，我们——来排列一下，伟大的，最大的，著名的，出色的。或者按照体裁来划分，——史诗的，抒情的，讽刺的。但还有一个形容词，恰恰是问题所在。俄语诗人。一个用俄语写作的乌克兰诗人。生活在乌克兰却用俄语写作的犹太诗人。

存在三个向量，请您选择一个可接受的。首先——诗人写作使用的语言。其次——他所居住的国家。第三——他脉管里流淌的血液。

在文明社会中，诗人的祖国普遍被认为是他写作所使用的语言和他所归属的文化的依据。他的诗歌主题反而比较少见。公民的原则主要产生于庄严的程序——应该升起哪个国家的旗帜？当布宁获得诺贝尔奖时，升旗的要求被拒绝了，因为流亡者没有祖国——在斯德哥尔摩不能升起苏联的旗帜。而如果出现一个不升旗的获奖者，那么，就会影响到其他人。但没有人为此抱怨。

留下一个血统问题。让我们直截了当地说吧，犹太人的血统在讨论中具有实际上的重要性。它的重要性在于是纯粹的，抑或是混血的——占一半，四分之一，八分之一？唉，获得国籍，而今已是一个既不太流行，也非政治正确的话题。在我曾出席的莫斯科第一次诗人双年展（2005）之后，我在一张东正教的小报上读到一篇文章。作者写道，他在双年展的参与者中计算出了 20 位犹太人。他认为，人们借此在相互交往。但是，这正好应了一句谚语：傻舅舅的数学很糟糕。他们的人数肯定更多。要我说，根本不用计算。

实际上，这涉及犹太人坏名声的一个古老的主题。一首颇为流行的反犹主义的歌曲——在土著民族文化中渗透着异质元素，从内部腐蚀了它。如果用沙法列维奇的术语来说，弱小民族战胜了强大的民族。

不久之前，有人在维基百科上篡改了我的生平。那里，我被标明是俄罗斯诗人。栏目这样编辑道，一个犹太伪诗人。还有一位美男子曾经写过，我“是最名副其实的敖德萨犹太人”，就像在电影《大清洗》中说的那样，用“俄罗斯诗人”这个词来形容他，是对俄罗斯诗人这个概念的一种侮辱。这样的例子可以像数念珠似的数落出来。还有一些不知怎么的很难忘掉的话——“意第绪语含糊不清的嘟哝”、“犹太泔水池”……

但是，就这个对话而言，有两个流行观点具有实际意义。我再举一个面对面碰撞的例子来说明一下这个情况。一位著名的俄罗斯作家（他在三重意义——血统、国籍和语言上都是俄罗斯的）对我说了下面的话：

“你这不是在用俄语来写作。你使用的是俄语的单词，却把俄语变成了新的意第绪语。由特殊转向了一般，让我们这么来表述吧：犹太人无论用什么语言都保持着自己的血统，他用流散所在国的语言创造了犹太文学。血统决定了一切。”

第二个主题来自另一个对话：

“犹太人不是天才，他们是工匠式的人才。他们是优秀的钟表匠和裁缝师。在文学上也是如此——他们是非常优秀的手艺人，但他们身上并没有上帝的火花。”

我们用另一种方式再强调一遍：血统决定了文学成就的高低。

※

“俄罗斯－犹太文学”的概念已经严重磨损了。有一部两卷本的俄罗斯犹太文学的选集（编者是马克斯·什拉耶尔）在美国出版。它的副标题是“双重身份的两个世纪”，与索尔仁尼琴的《在一起的两百年》极其相似。这里，双重身份应该更准确一些。如果使用神学术语，在俄罗斯－犹太文学中，犹太的与俄罗斯的因素都是存在的，它们是不可分与不可融合的。实际上，这是西蒙·马尔基什引入的一个概念。他详细地分析了俄罗斯－犹太文学早期的形成阶段，认为对巴别尔的枪杀是该文学的一个终结。但是，如果犹太－俄罗斯文学真的死了，那该怎么谈论它呢？俄罗斯从最严厉到最温和的民族主义者将哀叹什么呢？“俄罗斯的犹太裔诗人”为什么会像他们过去声称的那样亢奋？包括犹太裔批评家维·托波列夫在内的俄罗斯人为什么一谈到俄罗斯犹太裔诗人维·甘德尔斯曼就会产生仇恨？不，犹太－俄罗斯文学并不是空洞的概念，它既有内容，又有相当大的体积。

此外，在我看来，这个概念也具有恶魔的特性——它只有在被激发时才会显现。

※

它被两个方向所激发。从犹太这方面来看，在日常生活的情况下，恶魔更经常地被激发来展示散居在俄罗斯的犹太人在诗歌领域中的成功：我们的内行！所以说——斯卢茨基也是犹太人？唉，你们就是这么对我说的！那么，谁是斯卢茨基？在更高层面上，“犹太方面”对犹太－俄罗斯文学的概念之要求是相当严格的：

1. 对自己所属民族－文化的选择是自由的，引向民族的自觉。

2. 犹太文化的根基性，作为结果的与根基之有机联系——自然而然地转向犹太主题。与此同时，无论作家如何对待材料，他的看法都是来自内部的看法，这是犹太作家和描写犹太场景的非犹太作家（与他们的种族出身无关）的主要差别。

3. 社会代表性，亦即作家作为社区或其中重要的组成部分的喉舌所展示的能力。与民族同一性决裂（无论是宗教仪式上还是民族文化上）的作家和时事评论员不属于俄罗斯 – 犹太文学，哪怕他们的作品涉及的是犹太主题（例如雅·勃拉夫曼的时评、斯·利特温 – 埃夫隆的戏剧与散文，它们基本上是对犹太人公开的谴责）。（参见多诺奇卡的文章）

4. 对俄罗斯与犹太文明的这种双重归属（对 20 世纪而言是一个典型的标志），此外，这意味着作家的创作同样属于两个民族（犹太电子百科全书就是这样编辑的）。

请让我们特别注意第三点，其中包括“犹太出身”的杰出诗人在内的曾经或正在用俄语写作的不少人，他们慢慢地就应该排除在该行列之外了。但在大多数情况下，这个标准被忽略了。

但是，在这个问题上也有极端的犹太人观点——认为对犹太灵魂来说，俄罗斯的嫁接是一种毁灭，产生了对犹太人自身的不可避免的敌意。拒绝犹太文化，拒绝犹太宗教。认为这是与追求者心理上的融合（对侵略者的认同）。这其中最显赫的就是伟大的诗人鲍里斯·帕斯捷尔纳克。

※

在一定程度上，俄罗斯 – 犹太诗歌大多是“受洗皈依基督教者”的诗歌。纳德松、帕斯捷尔纳克、曼德尔斯塔姆、加里奇……无数的例子。但是，广义地说来，还有更多“受洗皈依基督教者”。巴格里茨基，隆重地放弃了自己的犹太身份（你放弃？我放弃！那就更好了。没关系。），“受洗皈依”了共产主义信仰。与他一起的有非常重要的第一代苏维埃俄罗斯 – 犹太诗人。我们要注意，这一代诗人要扔掉一些东西。有的人曾就读于犹太教男子初级学校。在 20 世纪 60 年代进入文学界的那一代犹太诗人的灵魂中，除了苏联的意识形态，需要偏离一下，而最好是——彻底偏离它。这里，东正教的教堂似乎比犹太教教堂更近。

※

从俄罗斯这方面来看，激发恶魔主要是为了展示犹太因素在思维层面和语言层面上对俄罗斯诗歌的破坏性影响。我非常认同阿斯塔菲耶夫与艾德尔曼在通信中说的那样，犹太作者将俄语变成了某种世界语。前面已有述及，我的一个熟人说得更加生动：变成了一种新的意第绪语。这当然激怒了我。但还不至于那么强烈，以至于让我没忘记意第绪语实际是德国占领下的犹太语，它已形成了几个世纪，更准确地说，这是一种低地德国方言，混合了斯拉夫语和希伯来语。如果不是众所周知的事件，类似的情况会发生在俄罗斯的语言上吗？

是的，不会，我想。尽管那样的意第绪语在底层已存在了一段时间。它还经常被称作敖德萨方言。但在文学层面上，“新意第绪语”与其说渗透在了诗歌中，不如说是渗透到了散文中（通过巴别尔和他无数的模仿者），通过极端的变形方式。

但是，从来没有人用希伯来字母写下了俄罗斯的单词：新的意第绪语并没有形成。

另一个指责是语言上的情感内容的阉割，甚至是对语法的破坏。嗯，在现代诗中，这类工作倒是很广泛地展开着。但其中的犹太因素微乎其微。

当然，在俄罗斯方面，靶标并不是伟大的帕斯捷尔纳克，而是伟大的布罗茨基。

※

显然，我并不喜欢“俄罗斯－犹太文学”这个术语，不管怎么书写，是全部连在一起还是用连字符。引入这个术语——意味着同意了是“血统的蠕动”，而不是语言，决定了诗人的身份。如果我们谈论布罗茨基，我就会想起他的一首早期关于犹太墓地的诗歌，其中涉及了犹太人的主题。就像亚伯拉罕与以撒那样的圣经体诗歌。但它也非常符合世界诗歌中关于圣经研究的轨道。

查波津斯基有一篇1905年的革命，当时，一个演说者正雄辩地发言，人群中发出了一个问题——他难道不是一个犹太鬼吗？

于是，群众开始以另一种方式来聆听演说者的讲话了。

我拒绝按血统来划分作者，这一点儿都不会改变。人们还会如此划分，接受这种尺度。让我们记住1952年吧，没错，那时他们枪杀了那些用意第绪语写作的人们……

※

倘若人们谈论的仅是俄罗斯－犹太文学（诗），而不是犹太人和半犹太人用俄语写成的诗歌，那么，它可以划分出几个时期。

第一个，最早的一个时期——就是犹太人用俄语描述的犹太人的生活。通常，巴别尔——俄罗斯－犹太文学的关键性人物的牺牲被认为是这一时期的下限。但是，首先，犹太人的日常和犹太人的世界观只是这位作家创作遗产的一部分。是的，“敖德萨故事”与其说是那个时代的现实，倒不如说就是巴别尔犯罪性的浪漫幻想。巴别尔的“敖德萨语”要比犹太犯罪环境的真正行黑话更丰富多彩、更有趣。不久以前，我读到了一篇关于历史的文章，大量引用了敖德萨1910—1920年代的盗匪们的信件。一些非常枯燥的文本。因此，在1910年的某个地方划一个约定的边界就会更准确一点。

第二个时期是革命前和革命后的时期——可以称之为“诗歌衰退”时期。其中，要么是粗鲁地宣布与犹太人的环境和世界观决裂，像前述巴格里茨基著名的诗歌《出身》，要么像曼德尔施塔姆那样以更微妙、更模棱两可的方式拒绝犹太仪式（“没有上帝的恩惠，/ 没有神父的祝福，/ 在黑暗[1]的教堂，犹太人 / 为妻子遗骸作安魂弥撒”）。我还要提及一个散文片断（通常，只要曼德尔施塔姆写散文的

1 此处引文有误，原文系“明亮的教堂”。

话——他的文本总是富有诗性的）——《时间的喧嚣》中的一章《犹太的混沌》。

但更多时候可以说是一个盲点——犹太主题和犹太世界观彻底从犹太人的诗歌中消失了。我认为，没有比帕斯捷尔纳克更好的例子了。“衰退”的过程在约瑟夫·乌特金那首幼稚的共产主义浪漫长诗《棕红色汽车旅馆的故事》中得到了很好的体现。在一家棕红色的汽车旅馆，一个动人的什杰特尔[1]居民转变成了一个冷酷的专员布洛赫，却收到了一份期待已久的奖品——一个拉比的女人作妻子。但留在我记忆中的不是那个专员布罗赫，而是对这个小地方的日常描述的诗句：“是的，在最矮小的屋檐下，无论她如何脆弱……”

第三个时期非常短暂，是一个被强行阻断的时期——就是第二次世界大战后最初的那些年，觉知了大屠杀的悲剧性。恐怖的纳粹对讲俄语或意第绪语的犹太人，对受洗的犹太人和未受洗的犹太人或者不可知论者并不加区分。溅出的鲜血让人们再一次感受到“血统的蠕动”……1947年和随后几年的战争打断了已经开始的觉醒。

第四个时期，我称之为“回归时期的诗歌”，它开始于赫鲁晓夫时期的解冻，一直延续到了今天。俄罗斯诗人叶夫图申科关于这个时期写的一首诗，不论怎么高度评价都不为过。我指的是《娘子谷》，它由肖斯塔科维奇配上了音乐（第十三交响曲的第一部分）。而安德烈·沃兹涅先斯基的名字也应该深怀感激地提到，他创作了诗歌《湖中的犹太贫民窟》。我认为，六日战争和向以色列、美国移民以及持不同政见者的犹太派别在此发挥了作用。

※

这是一个与“回归时期的诗歌”有关的真实事件。我们谈论的是20世纪70年代。年轻的敖德萨人，一位持不同政见者，有着醒目的姓氏——阿维尔巴赫，写了一首趋近伊琳娜·拉杜申斯卡娅的诗《我可恨的祖国》。亚历山大·阿维尔巴赫是

1 什杰特尔，东欧一种犹太人建立在城乡之间的住宅。

一个勇敢而率直的人。他决定不匿名地传播这作品，署上了全名，甚至还附上了家庭地址。他用打字机打出了文本，重读了一遍——然后，停了下来。并不是他不喜欢这首诗，不，他像从前一样在字斟句酌。但这署名……

不，亚历山大（现在的以赛亚）不是以自己的姓氏或国籍为耻，而是突然意识到这首诗的内容与署名不太吻合。他明白了，写这种关于俄罗斯的诗歌的人应该有一个不同的姓氏。

接下来，我的主人公的信念完全不一样了，他不再对俄罗斯的事务感兴趣，所有的思想都指向了应许之地。他在那里生活——已经几十年了。我不知道，他是否还写诗。在我看来——不写了。

但那些继续生活在俄罗斯的犹太民族诗人，用俄语写作，留在了普遍民主、自由和基督教信仰的惯性轨道中，就在那时，他们意识到自己的民族身份，仿佛停留在半途中，因此而夹在两堆烈火之间。我们可举的例子是前面提到过的亚历山大·加利奇：

“我们的火车驶向奥斯维辛，

今天和每天。”

我再重复一遍，正如大家所说，对大清洗和斯大林专制的牺牲者的记忆不会让这些人最终忘掉自己的出身，将自己与侵略者认同。对俄罗斯文化的热爱、自由主义的基督教或简单的自由主义信仰不会允许他们加入犹太复国主义或者回归到父辈（更准确地说，是他们的曾祖父辈，因为不论是他们的父亲，还是祖父，都没有信仰）。反犹主义规律性的爆发将他们推向一个方向，自由主义与民主化推向的是另一个方向。

这种不稳定的、内部矛盾的状态，这种“半途中”是20世纪末俄罗斯－犹太诗歌的道路。

※

内部的分裂、双重的身份，诗歌中有不纯的“p”[1]，严重程度不同的口音——从几乎不明显到完全显露。对新耶路撒冷的期待，为毁弃的神庙而悲伤，为现实的耶路撒冷、现实的莫斯科、彼得堡、基辅、敖德萨而痛苦……

为了获得一致的身份，为了磐石似的完整性，这一切都不能被放弃。因为，对于整体化个性的结构而言，磐石的密度没有给诗性创造留下什么空间。

内在对话的紧张，需要麻醉的日常断裂，如果不治愈，难道不是最炽热的诗歌的土壤吗？从来不可能实现的永无止境的选择，来自两个方向的内在怀疑和外在打击。这一切都需要忍受。为什么呢？

今天，俄罗斯诗歌既不能带来金钱，也不能带来真正的荣誉。美丽的贵妇人不会因为诗歌而爱上诗人，国家也不会因为登基的颂歌而给 K 先生以奖励，用诗歌杂耍的外国侦探也不会背叛土地的行为给出报酬。

只有对圣经非理性的、不可思议的忠诚才能证明很少人才需要那种吞噬时间、情感和精力的创作。

在犹太 - 俄罗斯诗歌的语境下，这是对俄语单词的忠诚，这是对于说俄语的犹太母亲的牛奶一起滋养了犹太人的语言的忠诚。母亲现在仍然还是带着口音在说话。

这片杂交诗歌的土壤还在继续结出果子。

尽管如此，这片土壤的成果还是由俄罗斯文化、俄罗斯诗歌来收获的。如何处置这笔俄罗斯 - 犹太遗产由它决定。

1 P，俄语字母，相当于英语中的 r，是一个颤舌音。

※

如果俄罗斯－犹太文学真的存在，那么，它的命运或多或少是确定的。移民在相当程度上打击了一部分俄罗斯－犹太知识分子。侨民的孩子并不总是能准确地用俄语来说和书写。我的一个侄女可以用英语写出出色的散文，但使用俄语就有点儿问题。

我想，我们面临的问题就是，这可能是用俄语写诗的最后一代或倒数第二代了。民族主义的先生们不用担心……但毕竟有点可惜。

Contemporary

当代国际诗坛

〔美国〕约翰・阿什贝利诗选

〔美国〕乔伊・哈乔诗选

〔美国〕布鲁斯・维戈尔诗选

〔英国〕理查德・贝伦加滕诗选

〔澳大利亚〕朱迪思・赖特诗选

〔尼日利亚〕钦努阿・阿契贝诗选

〔尼加拉瓜〕埃内斯托・卡德纳尔诗选

〔日本〕水田宗子诗选

〔葡萄牙〕曼努埃尔・阿莱格雷诗选

约翰·阿什贝利诗选

少 况______译

约翰·阿什贝利（John Ashbery, 1927—2017）

约翰·劳伦斯·阿什贝利是一位美国诗人。他出版过超过 20 卷诗集，赢得了美国几乎所有的主要诗歌奖项，包括以诗集《凸面镜中的自画像》获 1976 年普利策奖。但阿什贝利的作品仍有很大争议。他的《文选》中收录了一篇评论伊丽莎白·毕晓普的文章，他将自己描述为“一个愚蠢、自产自销的超现实主义者，甚至无视超现实主义诗歌的规则和逻辑”。虽然阿什贝利以其作品的后现代复杂性与不透明性知名，他声称他希望能为尽可能多的读者阅读，而不是自说自话。

给我猜个谜

下雨天最好，
在事物与地面构成的角度里
存在着某种永久性；
在道歉后不离开里。
　　速度仪在日落时分。

甚至当他们说话，太阳开始消失在一朵云的后面。
好吧所以最好有模糊的轮廓，
但包好，紧紧地，裹着一个人关于某样东西的
情绪，像复仇的快乐。而在林中
　　它也一模一样。

我觉得不怎么认识你时我更喜欢你。
但恋人们就像隐士或猫：他们
不知道何时该进来，停止
为晚饭折树枝。
　　我在小车站等过你

并将继续，因为我对你的计划
和星辰的未来抱有浓厚的
兴趣我感到口渴
仅仅是双膝跪下
　　在锯末里寻找快乐。

六月和钳子几乎不朝我们这里看。
那么就大胆一点，然后
这朵云就想象我们以及所有我们的故事
会成为的东西，而我们赶上
　　我们自己，但他们是别人的自己。

带着这一切，城市开始作为一个地方
生活，那里一个人可以相信搬到
一个特定的名字，并抵达那里，然后
是更多的行动，精神振作地退回死亡。
　　我们能够在风暴中幸存，戴上我们

像一顶顶彩虹帽，害怕重走台阶
通往不久前还属于我们的过去，
害怕发现那里有一个派对。
啊，在整个一生中，你是否曾像这样
　　被戏弄，而且它成了你的思想？

岸上仍然有一些人在混合的梅红
阴影和疲惫的阳光里闲逛，接受了
对岸的装置，我们将气喘吁吁的
问候和眼泪混在一起，最近品尝到
　　那些珍贵的补给。

一个地狱里的雪球

起初，有一些人不完全融入，
但不管怎样还行。然后某个早晨，
有些地方突然看上去棒极了：
天气和水看上去棒极了，
还有宁静的夜空及时
降临来保护我们，如同一把剑
划破王子蓝色的披风。

但有一天夜晚，门打开了，
没什么可说的，关系
已经奇怪地倾斜，像价签。
那个你爱的女孩，那个我曾经的病人，
在一个周一醉醺醺地来了，
似乎在被挤压之后。
请回放这一段。世界上
所有的录音都无济于事，除非你或别人
在时间的某个点上倾听山脉
无助地试图告诉我们什么，一季
又一季，它的溪流在我们生命的
一个章节里致命地咆哮，进进出出。

这本书是一个礼物。
最好扔掉，扔到大海
底部，那里纯真的鱼也许会读，

也许不会。这里一点奋斗，

那里一些放松，没有人会看出不同。

啊，但是关于季节你说了什么——

它是否枯燥？令人筋疲力尽？或已经离开？

还会不会回来，带给我们

真正的壮丽，一生只此一次？

一种安静之美的情绪

傍晚的光像树上的蜜
当你离开我，走到街的尽头，
日落在那里骤然终结。
婚礼蛋糕吊桥自己降低
落向脆弱的勿忘我。
你爬上了船。

燃烧过的地平线突然铺满金色的石头，
我做过的梦，包括自杀，
现在吐出热气球。
它在爆裂，它马上要爆裂
只是在白天
才看不见的东西。
我们听见，有时还学会，
贴得如此近。

把血取下来，以及类似的东西。
博物馆然后变得慷慨，它们活在我们的呼吸中。

亚当雪

让我们试试天真模式，假如没有比
它的持久力更好的理由：困在一个
同这个地球一起升降的连续体中，
居住在汤姆·梯特勒诡辩术和付现自提的
地盘上。付款柜台排满长队
是表现得体的理由，悲伤，戏剧性，在浪潮
衬托下显出轮廓。该来的，总会来，
老牧师说，他的脸是一座
雪中爪印的迷宫，
总是及时到来，在就寝时间前，
挑事树敌或迎合，由你选。
突然间，轮廓
放开了它们隔离的形式，就是为了让它简单
平等。

啊，但所有的虚假不尽相同。
我想我们必须接受大事情
既然品质，虽然是生存问题，
却是如此个人的呼唤。有时候根本哪里也不是
或一个虚弱的女孩轻视它，说
在边远地区的链轮里没有值得注意的
标准，没有什么可以用来评判或被评判。
真的，没有颜色令人耳目一新，
产生了一种和时间一样的效果：

一个时刻你也许在跑着穿过蓟丛，
而下一个时刻在跨越一层薄冰，没有意识到
任何区别，只是你已经获得延期，
确保你会收拾好烂摊子。除此之外，
倾听间距很宽的嘘声没事
漫长的日子，睡眠不是配给的。
而一个人只能质疑制度如何产生，
创造自己，我以为，
既然还没有别的什么来负责。
如果它让你更开心，去感觉，去目睹为了
某样东西独自生活的恐怖，搞什么鬼，
随你便，毕竟一个巴掌
拍不响，诸如此类，不是吗？
你马上会回到梦的那个
传送带上，轻微地将太平倾向
你自己的事业，积蓄，标准
问候和不寻常举止的组合。
结局无法承担过错。

它读着像一条小溪的立体派日记
溪水有一天贴着路过房子，
去和某一条我们永远无法
趟过两次的河流会面。而逐步
升级就在附近：我们无法给它回电，
但也许又会遇见它，在其他时间里，在不同的保护下。

不安的姿势

现在一切似乎都像尘土。
一片秋天的风景里明朗的早晨上
有一层灰，那一定更差，
在收紧的地方，
在不是所有东西都有两只脚站立的地方。

它变得越来越过于简单化：
好的和坏的，恶的和坏的；别的我们还知道什么？
防止我们关心太久的风味。

但存在着一连串思绪
很好地满足一个人：一个人将如何爬下去
离开这里，但愿
抵达一片完全平坦的沙嘴
与水齐平。

一切看上去都崭新，然后再次磨损。
突然间，一声喊叫，令人信服的一声。
人们三三两两出现，而且
没有那么简单。

但为了我
所疏忽，所忽视的你，
让你承受苦果，
没有做那个正在靠近的朋友，
我请求原谅，一首新歌如雨，
请唱给我听。

沃康松

雪在下，随着他写着。
在灰色的房间里，他感到放松，独特，
但当然从未有人相信过这些情绪。

对它必须给予理解。
可是为什么呢？反正那总是发生，
谁因此得到荣誉？不是被理解的，
很可能，而当我们开始了解它，
贬低了我们，

如同树木渐渐了解暴风雨
直到它过去，光重新参差不齐地
落下，落在所有嘟嘟囔囔的亲属关系上：
事物与事物的，人与物体的，
想法与人或想法的。

它伤人，这种渴望给生命
一个维度，当生命恰恰是那个维度。
我们是生物，因此我们走路，说话，
人们走近我们，或倾听
然后走开。

音乐在人物被拉向边缘的
地方填补了空间，

它只能说着什么。

筋骨于是松了，
心灵开始涌现好的想法。
啊，这阳光一定是好的，
又温暖了，
使人难堪，完成它的三部曲。
生命必须回到那里。你把它藏起来，
这样没人会找到它
而现在你想不起在哪里。

但假如一个人打算发明重新做个孩子，
它也许足够接近于变成活着的遗物，
来拯救这个东西，靠落下帷幕
不让它尴尬，

有几秒钟时间，没有人会注意到。
结局似乎会完美。
没有沮丧的心情，
不用从悲剧的睡梦中醒来，满怀
强烈的愧疚，只有温暖的阳光
随意滑落肩膀
照射柔软融化的心。

在越来越多的证据中

当时我在读关于恐龙的书：
抓绕阶段一旦结束，而幻境
或家庭已经开始，世界向辐射理论
敞开（成吨的辐射，想想看，
颠倒所有正常的程序
以便悲观的蜡球又开始
滑下斜面
把进一步的概念带向末日，同时鼓励
无限的七零八碎
它们正在接管我们的政府，威胁要成为我们所知的生活！）。
该溜走了，去一个人在某个寒冷的沙漠中的岗位
（不是撒哈拉，实际上更像是戈壁滩）
在那种被称为放逐的悲伤中等待
意义重新出现，虽然它也许永远不会出现，
而那件奇怪的制服是什么？

只有我们在从此以后的国度里幸福地生活，
我心中的火依旧伴随着我们
才防止了这些谈判的对象成为更远的
键盘上的玩具（当然这个后来确实
发生了，如果等待得足够久，每一种潜力都会得到发挥，
只是到那个时候，语境也许已经消失，脆弱
如珍珠菜或窗台上的光线，然后，
再然后，为何文本会被视为正常，

只是没人再想玩了；游戏
也有它们的时尚，和真相一样），并防止了我们的生活
变成一个烂摊，太大了，无法处理，不合情理；
随着砖石建筑风吹雨淋，随着飞蛾默默地在毯子里忙碌，
即使当你读着这些，我看不见抱怨或嘀咕的
理由，随行人员喜欢我，和我看法
一样，时机和场合都不合适，
论点会被缩短，如果现在提出的话。
而这个好像永远不会消失的牙疼，
整个夜晚温和地灼烧，某样东西的
心跳，没有预示灾难，除非千万里的
寂静森林在哑灰天空的遮篷下
将做如是解，但我认为我们的和平
应该有幸得到怀疑，并理所当然
接受我们所有的思想和行为，
如果和平是我们真正想要的，罗马
蜡烛仍然撕开黄昏。
跋涉，假装是一个男孩是这么容易，
当内心深处，你想要的是询问，
不是丰富的保证，它们是秋天的，
如同它们最终成形，变成一个关于我们
不耐心地站立的悲伤的评论，虽然庞大
而且致命，等待天气迈出第一步，
而当这个发生时，第一个先匆匆跑开，
无声地抱怨，总的来说，把自己
当作一个首要的累赘，永远没有人再理会。

而如果这个应该发生，总是有带花箱的
窗子和就在它们后面梦幻般的年轻姑娘。
有鸟，在飞向遥远的南方前来拜访，
做最后焦虑不安的告别，更是为了
防止最后通牒被起草，以便真的
在最初飘落的雪花中，一项工作得以完成：
以前鲁莽的承诺中留下的能量
最后证明不是一个坏的选择。盛夏正午
虫子的操练不得不在此或别的什么事情
之前，梦因为什么事情给与纹理
和更多的实质。它现在
似乎井然有序。一切似乎安然无恙。
暴风雨，你看，自己的秘密什么也没讲，
什么也没泄露。无论如何，不会有可以再讲一遍
给他听的人。紧跟着困惑的
压力信号将在那里被读到，但电
将它们烤成它自己认知的形状，它想要
给我们某样我们用尽余生去找寻的
好一点的东西，怀疑是否放错了地方。
在过去的日子里，这个会是免单的。

你能听见吗，鸟儿

尽管那些日子它没有发生，
某样事情确实发生了，
结实，有营养，像一块包好的牛排
扔在柜台上。起先我无法相信那渴望；

很快，如此地快，它变得普通，轻盈。
一个固定装置。用来玩耍的准则。
道路开始对我粗暴。
仅仅 800 英尺以外，小汽车在它的
街区上哭泣
而小彼得来了，环顾四周，然后他走了。

它算是一种错误，然后他走了。

它是一种善良的错误，微风拂过仪表盘。
双小提琴缝
一条细缝
一个爪子滑过钟的表面，
落后者和愤怒者在中间。

我要建议的是所作之事的
负面在停好一辆三轮车的时间里
涌起溅出，敲打五楼的窗户。
而我们如此彬彬有礼，

对日子视而不见，它似乎是它们的体系那夜晚，
在板子的边缘摇晃；
确信，展开的薄膜在阳光下
像海豚或滑板的翅翼呈扇形打开。
在所有哭诉真相的人之后，
它不是我。

悬桁

我知道我们本该停在那儿
在布丁站旁边，
但布丁人如此——那个——
自以为是。
狮身人面像没想要我们走这么远
尽管我们回答了她的问题
并免费赠送了一个额外的答案：“如同蜂蜜对那只捷豹。”

而我们也一直很好——

赶上来是世界上最长的单一悬桁跨度。
我对蓟马麻木了。

乔伊·哈乔诗选

李　海_____译

乔伊·哈乔（Joy Harjo）

乔伊·哈乔，1951 年生于美国俄克拉荷马州的塔尔萨，印第安马斯科吉（克里克）族，诗人、作家、大学教师、音乐家、美国原住民活动家。2015 年哈乔获得重要奖项“华莱士·史蒂文斯诗歌奖”，2019 年荣膺美国桂冠诗人称号，是首位获此头衔的美国原住民诗人。诗集包括《美国日出》（2019）、《为诸神解决冲突》（2015）、《我们如何成为人类：新诗及诗选》（2002）、《通往下一个世界的地图：诗》（2000）、《从天而降的女人》（1994）、《在疯狂的爱与战争中》（1990）、《来自世界中心的秘密》（1989）、《她有几匹马》（1983）、《什么样的月亮把我驱赶至此》（1979）、《最后一支歌》（1975）等。哈乔 2019 年被选为美国诗人学院的院士。哈乔的诗歌往往从一个生活在现代都市的印第安女人的视角观察这个世界，并和记忆中的民族部落文化、历史故事相交织，将读者带入一个既神秘又现实的印第安诗人的内心世界。诗中既有她个人的亲身经历，又有家族和部落的神秘传说，也有近代以来印第安民族遭受的种种创伤经验，还有代表整个民族的历史文化符号和象征。此外，哈乔还是卓有成就的音乐家、爵士乐手。作为成绩斐然的当代美国本土裔诗人，哈乔在诗歌创作中融合了多样的艺术手法，她的作品具有强烈的生命感召力和律动，同时充满了文化反思和批判张力。

在米斯蒂克

我的道路是燃烧之树形成的十字架，
乌鸦嘴衔火焰将其点燃。
我请求这片土地的守卫者让我进去。
我是这段历史的访客。
没人记得提出这样的请求了，他们回答说。
在这新英格兰的海港小城，不远处就是民主制的发源地，
我还能期待什么?
这里，我只是个幽灵。
就连赌场也无法将一个印第安人变成一个真实之人。
或者我该说“土著”、“野蛮人”，抑或“魔鬼”?
又该用什么样的贸易语言?
我用回望换来危险。
我同意古老的欧洲地图所记载的。
超乎想象的怪物游荡在这片水域。
清教徒坚定的船舶确实是从世界边缘掉落下去的……
我闻着海风的气息，沿狭窄曲折的、店铺餐馆林立的街道漫步，
感到十分快乐，与朋友、树木和微风为伴而怡然自得。
我无意与历史交谈，但历史找上了我。
那是黎明前的黑暗，火光突然迸发。
男人们已外出狩猎，离开了我目前所在的佩科特人村庄。
留守妇孺遭纵火焚身。
我不想知道这一点，但直觉使我熟悉杀戮的语言。
六百多人被杀，为的是给上帝的子民建立一个家园，清教徒首领们在周日布道中这样夸夸其谈。

然后在一缕轻烟中，历史消失不见。

尽管我们生活在一个从坟茔拔地而起的民主社会，纵火依然屡见不鲜。

这一切通过我获得言说。

每首诗都是服务于仪式的一次努力。

我曾祈求入口向我敞开。

（献给帕姆·尤夏克）2009 年 10 月 31 日

自杀者的手表

1

我在一列不时停靠于检查站的火车上。
你来自什么部落，什么国家，什么种族，什么样的性别，
拥有什么样卑劣的灵魂?

2

我睡不着，因为我醒不来。
没有任何镜子能把我想要的返还给我。

3

有人给我一种药助我睡眠。
又给了另一种药帮我起床。
然后又给了一种药，为了使我快乐。
所有这些药只让我更加悲伤。

4

死神愿意和所有人赌上一场。
这里有很多傻子，他们以为自己能赌得赢。

5

你知道，我的老师说，你可以继续自暴自弃，又或者
你和我一同站在阳光下，观看这场战斗。

6

我坐在一个患病女孩的对面，那疾病想飞扑到我的身上。
别！我说，但没出声。
人们可能会以为我是个疯子。

7

我们最终总会变成我们对之施加评判或谴责的那些人。

8

这块表不是我的。它是血泪之路[1]上那些曾强暴年轻妇女的士兵们的。它是安德鲁·杰克逊[2]总统的。它是那些传教士们的。它属于偷窃了我们的语言的贼。它属于印第安人事务局。它不再是我的。

1 血泪之路（Trail of Tears）指的是19世纪30年代美国迫使原住民从美国东南部的家乡迁往密西西比河西岸印第安领地的一系列强制性人口迁移。
2 美国第七任总统，第一位民主党总统，在任内大力加强总统职权，极力维护联邦的统一，其专制手腕引发较大争议。他颁布的印第安人迁移政策招致众多批评，原住民称他为“印第安杀手”。

9

我被河面上飞舞的蜻蜓迷住了。

最初我就是在那里发现自己的。

今晨我为敌人们祈祷

而我把谁称为我的敌人?
敌人必须值得交手。
我转向太阳的方向，并继续前行。
提出这个疑问的是心，而不是我暴怒的头脑。
心是太阳的小表亲。
它看见并知晓一切。
它在听见祝福的同时也听见咬牙切齿之声。
理智之门只应从心灵深处打开。
经此门进来的敌人没准会变成朋友。

世界曾完美无缺

世界曾完美无缺，而我们乐在其中。
然后我们把一切看作理所当然。
不满开始在世人脑子里轻声咕哝。
然后怀疑用它那尖锥似的脑袋挤了出来。
一旦怀疑撕裂了这张网，
形形色色的邪恶思想
便猛扑过来——
我们毁灭了这个世界，它曾赠与我们
灵感和生命——
每一块猜忌的石头，每一块
恐惧、贪婪、妒忌和仇恨的石头，都在熄灭光。
没有哪个人手中不握着一块石头。
这下好了，
我们又回到了起点。
黑暗中
我们彼此碰撞不休。
现在我们已没有地方生存了，因为我们不知道
如何共处。
然后某个跌跌撞撞的人同情起另一个人来
并与他共用一条毯子。
善意的火花点亮了灯。
光芒把黑暗撕开了一个豁口。
所有人齐心协力以打造出一把梯子。
一个风族人率先爬了出去进入到另一个世界，

然后是其他部落的人，他们的子女，其子女的子女，

子孙后代，一直绵延不绝——

直到今天，来到这照亮你的晨光里。

春分

我必须避免靠强力闯进这个故事当中，
假如这样做，我会发现自己手拿着一根军棍
而悲痛的烟雾蹒跚着飞奔向太阳，
在你身旁你的国民一一死去。
我一再远走高飞，尽管这已有永生之久
从每一滴鲜血里
突然涌现出儿女们、树木、
一座悲伤之山、歌谣之山。
我是在一个北方小城的薄暮中告诉你这些的，
那里距离汽车和工业的发源地不远。
为交尾而返回的大雁正在路上，番红花已从
冻土中破土而出。
他们很快就会来抓我，而我将在命运的陪审团面前
捍卫自己。没错，我将以新世界的喧响
作为我的答复，我已挣脱对战争和欲望的
痴迷。
我已经安葬了死者，并用鲜血、骨髓谱写出
我的歌。

会说话的树

我做了一个美梦：我在与一棵树共舞

——桑德拉·希斯内罗丝

大地上的某些事是无法形容的：
被毁灭者的族谱——
大屠杀之后从叶间穿过的一阵羞怯的风，
或咖啡的香味，但那里空无一人——

有人说树木是无感觉的生物，
那是因为他们不懂诗——

当他们饱餍风或水之音时，他们听不见
树的歌唱——
当树木被折断、遭砍伐时，他们同样也听不见它们悲痛的哭喊——

我是一个女人，如今我渴望成为一棵树，它被种在
日出和日落之间的
一块湿润的黑土里。

我没法走遍所有疆域——
我携带着一腔无法在黑暗中独自承受的热望——

我该拿这些伤心事怎么办好？

一棵树最根深蒂固的梦就是行走
哪怕一点点路程，从门口附近——
走到生命之河的岸边，然后啜饮——

太阳落下去很久之后，我听见树木在说话：

在这块水和知识之地
想象一下一起亲密起舞的情形……

去深饮那不可饮用之物。

火

一个女人不能仅凭
自己的呼吸
生存
她必须知晓
群山的声音
她必须承认
蓝天的永恒性
她必须随着
夜风飘逸的
形体而飘动
这风将把她
带回她自己

看着我
我不是一个单独的女人
我是蓝天的
延续
我是群山的
喉咙
是一阵夜风，
燃烧着
她呼吸的
每一口气

晨祷

我已错过圣格雷 – 德 – 克里斯托山脉的
守护神，
年幼时
在每一个因爱恋和打斗
而病恹恹的早晨，
我曾在群山的映衬下
毁掉我自己。
那段时期，我在优雅的雪松树丛
与高山和蓝天融为一体之处仰望
信仰的一种蓝色构思
一种有关神圣的观念。

我们是这样降生于这个世界的：
天空爱上了大地，戴上绿松石珠宝，
骑一匹黑马慢跑而来。
为了让神圣的爱情更具美感，
大地穿上芬芳的华服。
他们的爱情用日出装点着群山，
用日落的流苏编织精致的溪谷。

今天早晨当我眺望东方
我因那些山峰而感到孤独
尽管我早已告别了过去那个
为救赎而急切祈祷的小女孩。

我曾相信一种异象，
认为它能拯救人民
能在灭世的大洪水到来之际
将我们所有人载至山巅。

当我步入来世
我一无所知，
除了这一点：
死
巨大而令人惊奇，
充满了种种琐事：
热气腾腾的黑咖啡
篝火的灰烬
牦牛或绵羊身上的铃铛
穿过人流疾驰而去的车辆上的汽笛
又或者被抬着穿过火堆，
穿过人们烘烤甜面包和呼吸时冒出的雾气
的死者。

我们将这样离开这个世界：
骑着日出与日落的马匹
从目睹过每一场战役、
每一次小争斗的
群山的阴影中走出来。

记住

记住你诞生其下的天空，
了解星星的每一个故事。
记住月亮，知晓她的来历。
记住太阳在黎明时的诞生，那是
最强健的时刻。记住日落
及黑夜的来临。
记住你的出生，以及你的母亲怎样
挣扎着把形体和呼吸赋予你。你是她的生命、
她母亲的生命的见证，你属于她。
记住你的父亲，他，也是你的生命。
记住大地，你是大地的皮肤：
红土地、黑土地、黄土地、白土地
棕色土地，我们是大地。
也要记住植物、树木和动物这些生灵，她们也有
自己的部落、家族和历史。与她们交谈，
做她们的听众。她们是活的诗。
记住风。记住风的声音，她知晓
宇宙的起源。
记住你就是人类，而人类就是你。
记住你是宇宙，而宇宙
是你。
记住万物都在运动，都在生长，都是你。
记住语言就是由此产生。
记住语言之舞，生命之舞。
记住。

别打扰大地之灵

别打扰居住在这里的大地之灵。她正在构思一个
故事。这是世上最古老的故事，它娇弱、多变。
假如她看见你在观看，她会请你进去喝咖啡，递给你
热乎乎的面包，而你将不得不留下来聆听。不过这
绝非一个寻常故事。你将需要承受地震、闪电、
所有你心爱之人的死亡，及最令人目眩的美。这个
故事如此引人入胜，也许你永远也不想离去；这就是她
给你下的圈套。看见那边的石指头了吗？那是唯一
逃脱之人落下的。

布鲁斯·维戈尔诗选

崔奕雄 ______ 译

布鲁斯·维戈尔（Bruce Weigl, 1949— ）

布鲁斯·维戈尔，美国诗人。他 18 岁入伍参军，奔赴越南战场，曾获美国铜星勋章。越战经历深深地改变了维戈尔的一生。在他的回忆录中，维戈尔这样写道："我的写作始于悖论：战争摧毁了我的生活，却也赋予了我声音……世界给了我这样的使命：竭尽力量书写，从而把他人拽入恐惧之中。"

维戈尔受詹姆斯·赖特（James Wright）的影响，写的诗不受格律约束，专注于"直陈的美"，其早期诗作往往直面战争的恐怖经历，而较晚近的作品则探索新的主题，如家庭与童年。他著述颇丰，已出版的诗集中较有影响力的有《猴子战争》（1984）、《凝固汽油弹之歌》（1988）、《什么拯救我们》（1992）、《他们之后》（1999）、《充沛的无》（2012）、《欢迎回家的海岸上》（2019）等。此外，他还著有多部批评集，并翻译了多部越南语和罗马尼亚语诗集。

他先后获得过多种文学奖，其诗作收录于多部权威诗典，如《最杰出的美国诗歌》（1994）、《反抗遗忘：用以见证的 20 世纪诗歌》（1993）、《美国字母：25 位当代诗人》（2006）等。

她的生命流动如红绸旗

因为这天傍晚黄燕小姐
坐在我身边，在低矮
砖瓦垒成的祖屋里
我无法入睡。
我们同饮冷而甘甜的水。
蓝瓷碟上，她的母亲端来
一块蛋糕，笑着，牙齿因嚼槟榔乌黑
但我不感到怪异，坐在屋里
我的国家曾想把这夷为平地。
用如血般浓稠惶惑的英文
她同我讲她如何望着我们的飞机
横穿她童年的天空，
所有河内的孩子
昏暗里被携往山村，尼克松
圣诞轰炸。她让我握住她的手，
羞涩而静止的手指，同我讲
那些日子里她多么害怕，和恐惧
如何向内挖掘，像蠕虫，活
在她的内部，不会死去或消失。
因为她更强壮，她安慰我，
说我不应被责怪，
百万悲恸鲜活在她的凝视里。
我们和逝者并不居住在一起。
而惊惧的，也无法直截地思考；
没有文字可以复原焚毁的城市。
屋外，洪道街
我试图告别，紧握她的手
久久不放，视线越过车流
她回望着祖屋，眼睛
告诉我应该离开。
整夜，我为她和我自己疼痛
思绪与祈祷都无法
令其停歇。清晨，鸟语依稀
从湖对岸传来。芦苇舟里
采莲者逸出
复盛的白色花海。

河内，1990

凝固汽油弹之歌

（献给我的妻子）

风暴过后，雨停止轰击地面，
我们站在门廊，望着马群
慵懒地漫步于山坡的草甸。
我们凝视着，透过暗色玻璃，
视线因距离弯折
所以我想我看到了雾
从起落的马蹄升起，马群隐去
像是被雾切断
从我们眼前。
日光下草从未如此蓝，如此
血红；草甸尽头
树木逆着风尖声摩擦，灌木
交错割裂着天空，像铁丝网
但你说它们只是灌木。

好吧。风暴停止轰击地面。
我正尝试着直白：仅就一次
我足够清醒地停顿与呼吸
从我的野蛮计划外，在暴雨后
将那些尘封的诅咒挡在身后。我曾确信
它们终究荡离了我……

但灌木仍是铁丝网

而落雷仍是迫击炮轰击地面，
闭上眼睛，我仍能看到女孩
跑出村庄，凝固汽油弹
胶似地挂在连衣裙，
她的双手伸向，没有人
在她面前的焚浪里等待。

于是我可以继续活着，
于是我可以在你身旁，
我尝试想象，她在道路上狂奔，翅膀
在她体内悸动，升高
远高于焦臭的丛林，她的痛苦
缓解，和你的痛苦，和我的。

但那谎言再次荡回。
谎言只能在言说时生效
凝固汽油弹的默许里
女孩也只能奔跑
直到淋火的肌腱和灼裂的
肌肉将她拖曳进
最终的位置
正如无数燃烧身体所预想的那样。没什么
能改变，她就在我眼前燃烧
无论你美好的爱，雨后的氤氲
林绿的草甸
铺卷在面前，都无可奈何。

离别前夜

在他离别的前夜
他在后街焦躁地飞驰
仿佛有扇门
从来立在那里
而他如今终于找到，并将
滑入，逃往另一种人生
那里群星不会在面孔前爆裂。那之后他
同朋友酣饮
没人敢说出
残忍而直截的“再见”
一再与他碰杯，在烂醉里
抚摸彼此，往后

几个月，或几辈子，
水蛭，腐物和词语
如铁球般塞在他口中，
他将和另一个男孩躺在珍珠茅里，
腹部被撕开
在透过树冠
的日光里湿亮着，
他会想起他们，
他们未竟的美，
后来遗失在战争的螺旋里
并将自己委身于濒死的男孩
在拖船的汽笛声里，仍听见他乞求
不要告诉他的母亲。

故障

堪堪漫过表面，睡眠
开始缠绕，你的体内
像有根引线，在夜里试着
抻直你的身体。
或者，是睡梦里
穿过神经的痉挛
因此你撕下被单
试着阻止猛撞的脊柱。
拥挤而无用
的睡梦里，陌生人举枪，
孩子被困在巷子里，
青年士兵回头望向
同行的士兵
下一刻
他们扣下扳机。

我将尽可能久地留在这里。
我将坐在花园里，像没事发生
让瘀伤的杜鹃花次第开放。

地雷

1

在越南我总是害怕地雷：
北越的地雷，南越的地雷，
法国的地雷，美国的地雷，
整片田野处处是警告标示。

“弹跳贝蒂”可以弹到腰间——
将你拦腰截断。
直升机里，男人
的双腿放在他身旁，
他想要带椅背的椅子，要吗啡，
他喊着他想捐出
双眼，他的肾脏，
心……

2

教你如何在夜间步行：慢慢抬起
一条腿，用双臂清理身旁，身后，
身前，落下这条腿，和游泳一样。

什么拯救我们

我们缠绕着彼此
在父亲的汽车后座，停
在曾闯祸不断的高中
空车位，汗液在她脖颈
像油滴。再一日清晨我将
赶赴战场我想有什么事
应该做，我和自己说
我不能死的时候还没
进入她的身体。我掀起
她的裙摆到腰间，像风暴里
被吹翻的雨伞。我把
她的棉内裤扯到一边
她忍耐着。我在燃烧。天堂
就在眼前。我们溺没
在彼此的舌　我正忙着
扯下我的内裤　当她停下
　瞬间我们周围
只有我的颤抖
和学校钟声
在空旷的厅里震耳欲聋。
她摸索着什么，
银链上银质的受难耶稣，
救世主小小的头颅
挂着，木桩扎穿他的双手双脚。
她为我系上项链，搂着我
很久直到我内心的黑翼停止扇动。
我们不总能认清
想出来的什么会拯救我们。
我想把那一夜的天使拽下来
会拯救我，但我把十字架放进口袋
贴着脸庞和嘴唇厮磨
在火箭呼啸而来的夜。

有时人们死得那么近，
你感觉到他们正竭力跨过，
沉心解开，从一个身体到另一个。

来世的忧郁蓝调

我记得一棵野苹果树
兀立在田野，鹿曾躺卧树下
一床纤长的草叶
我睡在上面手握着
一杆枪
雨里醒来
雾气落于树叶
落于熟苹果的红润
隐没于吱呀摇曳的树枝里。
我必须说
我放下那杆枪
脱下了裤子
抚慰了自己。
光，令我这么做，
孤独，
乌鸦也说着什么
从遥远，破碎的树林里
听着像是一句警告
一瞬狂乱
我在我之外
困在满是花朵的房间，
无法承受的馥郁香气
好像一定是为逝者准备。
原来房间是一艘船
我航入
寂静里一片绿色的丛林。
创造我在时间之外，
空间之外
但是同样快的一瞬
我被送回空旷的田野，
鹿躺卧的床
红苹果下，
这世界一些地方已经明亮
一些地方昏暗。

为什么吴青小姐的一切都没变

河内的十二月
灰且潮湿，也冷
但昏暗的清晨
咽下茶和米饭
她骑着自行车穿过
人行步道，坍塌的
寺庙，来到阴森的楼
战争罪行委员会
她整理无数照片
讲述没有词语，没有武装
它们自己的故事。
但她的心里有怀疑
她想象若干房间里
充溢着光，
她想象时间足够
漂流，回到
香江和她失去的
男孩的心。但碾转在
她双脚下的是一个国家，
龟背上她的世界
竭力平衡着，空间
广阔一如失去的生命
她必须足够小心地移动
这是她能做的一切
避免落入夜晚
逝者栖身
因为他们无法回家。
为了对抗冬天，对抗
历史，她抹了些唇膏，
胭脂，一条彩色
围巾系在她的黑发上。

河内，1985

他们之后

一切都变了。
他们占领了群山
后来渡过河流
很快，乘着修长的船。
他们总是来到。
他们占领了树木。
他们占领了褐色的土地

和低矮的房屋。
他们沉默了声音
又占领了词语
于是没有人能讲
属于从前的事
因为他们总是来到
因为没有从前

蓝色的孤云下
男人和女人抚摩过彼此。
不忠而殷勤的狗出现。
老人不再说话。
他们不想证言
这些不速之客
或是金属撞击的紧促噪音
骤现在历史的故地。上帝
被创造
于是他们可以忍受痛苦。
最后
他们只拥有彼此
漫步，孤独，
还不够。

宰鸡

从不在乎你怎么想。
老人并未轻率地
冲向鸡舍，直到最后一刻。
鸡群不曾受惊
因为他哼着惬意的曲子。
红太阳正熄灭在
熔渣堆的山丘。老人
触摸着屠刀的尖刃
抵在肥厚的拇指。
我坐在后院的毛毯上
铺开在深褐而沉重的李子下
他是为了他的威士忌。
他走在母鸡中，他的
宰鸡曲含在喉咙深处。
直到他找到准备好的那只
抓起她，贴着水桶似的胸。

你曾在想什么？
你想你只是把一只鸟
拽出鸡舍再剁掉她的头？

鸡舍后
我看见祖母的白连衣裙摆动
她踱过，又踱过门厅

给桶里倒满滚烫的水。

多简单，羽毛在
焯过水后拔掉
空气里飘着腥臭的云
我无法忍受不去呼吸。
我连男孩都不是，但我看着
老人哼着曲走进院子，
他的刀已抵在母鸡的喉咙
我的世界里一切开始旋转——
他切掉一声不吭的头
转了身子几圈，细密的
血雾呈扇形展开，很远
溅到了我，顺从地
等待，正目不转睛地看
那个头被男人拾起。
他灵巧的手成了一只鸡崽
冲我咯咯叫，冰冷的喙啄我的头
直到我哭着让他停止，
直到他搂住我，咯咯叫，笑着，血
流满他的双手。

他做过，我因此记得他
此后数年里我告诉自己。
他做过，因为那是他最后一个夏天
与我们一起。八月他没感觉到苍蝇
飞进他罹癌的耳朵里产卵。
也没感觉到蛆虫孵出
当他服药后晕眩，坐在日光里。
他啄我的头，笑是因为爱，
因为爱他粗鲁地把我搂进怀里
把他那陌生的曲子
含在他的喉咙深处。

吻

所有告别的话已经说完
我爬进飞机里坐下。
寒冷令我颤栗，痛着
离开相爱的
那些人在结冰的窗外挥手。

（小时候我曾在风暴里迷路，
漏斗状的旋风离我很近
颠簸中我从单车
摔进了壕沟，
被风和昏黄的天空拽起，
我前伸着手臂
在风里摸索着路
离地后我不会哭泣。
在碎片的漆黑螺旋里，
莫名出现，我的父亲俯下身
举起我，跑向
满是陌生面孔的房子。）

再一次，那天飞机上
他在我面前出现，
我遗忘的命令在他手里。
他俯下身把信封放在我腿上，
深深地吻我的唇

一句话不说
再一次走进寒冷里。
走过丛林，走过高地，
走过所有泛绿的死亡
我的手指按唇。

一路向下的忧郁蓝调

我刚离开村庄。
我们疾行在蓄雨的黑云下
陆续展开如同兰花。
他来是接我进入丛林
于是我感到孤单
尽管我还未痛恨这美丽的战争。
十八岁，一个男人
正告诉我如何存活
在他说会令我腐烂的丛林。

交心的兄弟，他说着笑了
直到我们撞见一位妈妈桑
佝偻着背，麻袋里装着花。
我们疾驰而过，但他一脚踩下刹车，
令泥泞里的轮胎倒转。
他也不恨战争
但其他原因令他喝住她
于是她停下，
冲我们咧嘴笑，虫壳般乌黑的牙齿，
举起手臂悬在空中。

我没有借口。
雨中我坐在男人的吉普车里
看着他将她打得跪倒在地，
用他 M16 的塑制枪托
朝她猛砸。
我刚离开村庄，雨云
像巨大的花悬在空中，乌黑
如同她的牙齿。

理查德·贝伦加滕诗选

王　飞______译

理查德·贝伦加滕（Richard Berengarten，1943—　）

理查德·贝伦加滕，英国著名诗人、作家、译者、编辑。1943 年生于伦敦，父母为犹太裔移民，毕业于英国剑桥大学英语系和伦敦大学学院语言学系，现居剑桥。出版诗集、散文作品等 30 余部，曾获“济慈纪念诗歌奖”“艺术委员会作家奖”“国际莫拉纳诗歌奖”“犹太季刊－温盖特诗歌文学奖”等多项国际文学奖。诗作被译成 90 余种语言。20 世纪 70 年代创办“国际剑桥诗歌节”，邀请舒婷、杨炼等多位中国诗人参加。他是一位国际主义者，曾在意大利、希腊、前南斯拉夫和美国生活，其诗作广受英国、法国、犹太、斯拉夫、美国及东方的影响。他对中国文化尤感兴趣，学习《易经》50 余年，并为自己取一中文名“李道”。诗歌主题涉及历史、政治与心理、人际和日常生活之间的关系。他的诗歌主题深刻、形式多样，具有多元文化参照系。在过去 40 年间的当代诗坛，产生了巨大影响。

关于考古学

猫颌
由草铺向上刺探，
沾满白霉和苍苔。

古战场上
我觅到半枚纽扣，而
她，陶罐的一段残片。

乔希的化石成了
鹦鹉螺，黑色石灰岩，
足有四亿年。

这些肺里的空气
浓密，充满破碎的
粪屑。渣滓

与纪念物中呻吟的
意义，需要
加倍的注意。我们

更加缓慢、更加细致地
穿越田野
以便不到达任何地方。

考古法医的证词

尼亚马塔镇教堂
所在区域，暴行盛行
轮奸活动极有组织

所以，艾滋病患者
等待他们的机会，直到最后一刻。
那个教堂的地下室

放着一具超大的
棺材，至少有三
米长。里面装着

一具有着普通
身长的女尸。她
需要这具长长的棺木

是因为，她被人用小树苗
强奸了。那棵树
被强行穿透她的身体。

当地人
为她下葬，并把那棵树
留在了她的体内。

（一种）连贯的语言

别再锤击、爆炸
猛冲、挖掘或者雕刻。
我们的任务是栽培和养育

（一种）连贯的语言，一点
一点地，耐心地，充满敬畏地。
让这实现的途径

唯有循着内心的
路径和命令——
重申死者的

尊严，收回
忆起、重新发现——或者
首次找到（一种）语言

（这种）语言适合并能够
假以并通过文字
检视、表达和理解

未被说出的，难以言说的
以便修理并更改现实，
重生并重建希望。

每个人都知道道路

每个人都知道道路
回家、穿过山谷、到达孩子
所在地方的路。每个人都能看见

并认出树木
和花园，认出长长的林荫道，
公园和池塘的形状。

每个人在出生到死前
至少知道一些道路
查看地图

并将其应用于实践，并不困难。
但是除了这些声音之外
谁能够带领我和你

进入生前和死后的
另一个静默、没有记录的
区域，在那里

光自身
在高山内部的映衬下
明亮、黑暗、天使般地闪烁。

双向流亡

他们说自己讲着多年来
未曾听到的方言，
与依旧按照祖父母的方式生活的

叔伯和生疏的成年堂兄妹们
一起喝醉。
他们空间上的旅程

就像是一种时间穿越，
他们颤抖、欢笑、哭泣
为熟悉的院落、房屋和街灯

拍照，为童年时
便已开花的树木拍照，
之后回到东部

继续优厚的工作、回到朋友和伴侣身边。
但是，他们说，来去的双向旅程
都意味着流亡。在任一区域

定居，都会丧失另一区域，
没有一处是自己的家园。前进和后退
之间的差别，界限模糊不清。

移民之女

一个来自另一片土地
和另一种语言的移民之女
多年后“回到”

曾被她所属部落的敌人
严密把守的噩梦之地——她
若是生在那个时代，

若是被他们征服，
于他们而言，她将是污秽
毒药和害兽。虽然现在

她受尽褒奖和赞扬，
甚至被她有教养的、热心的爱人
喜欢与宠爱

——她的爱人是
她父母所属部落的敌人之子——
在他强大的城市，无论行至哪里，

她都蹒跚趔趄，
轻触并抱紧影子，
蜷缩、佝偻而又充满机警。

只在角落里呼吸

“只在角落里呼吸，
只有触到风，我是说墙，
才能呼吸，”女孩说。

“中途绝对不准
吸气——只能
呼气。瞧，就是这样。”

她站在角落，大口
吮吸空气，喉咙
呼哧有声。接着

将手伸向两边，
上下挥动手臂
越来越快，直到

上升至房间的中心
在那儿，她屏息凝神，
足足盘旋了 19.43 秒——

接着，又潜入另一个空荡的
角落，然后跌落在地。这时，
她坐起来，笑着说，“看见了吧？”

一次转变

我的朋友出了
事故。他的自行车
被撞破。他没

戴头盔。他那张
清秀的脸，留下了
永久的伤疤。他

写道："这让我的
人生观发生了
哲学性的转变。在

医院，手术期间
我不得不
睁一只眼

闭一只眼。"现在
好了，他再次睁开
双眼，看见

外面，也看见里面。
一次转变。一次转向。一次转折。
一次回归。

同行的同伴

在斯托克维尔路到
米尔路的转角处
我遇见了一架骷髅

我们一起向西
朝游客绿地的方向走
边走边友好地

聊天。他要去
市政厅参加
一个会议，而我

是要去市场
买苹果、梨
甜菜和洋蓟。他

默不作声，但
在路上，他的一些话
却很清晰地出现在

我的脑海。后来，
回到家，他在镜中
对我点头微笑。

关于供养

谁在什么时候
供养谁？生者
供养生者

是谦逊的母亲们的
定律，生者
供养将死者

是慈悲的服侍者的
定律，死者
供养生者，是

弱肉强食的定律，
生者供养死者，
是怀念与哀悼的

定律，将死者
供养生者，是雾霭
与记忆的定律

死者供养
死者，则是死亡
与永生的定律。

朱迪思·赖特诗选

郭锦萍 ______ 译

朱迪思·赖特（Judith Wright, 1915—2000）

朱迪思·赖特，澳大利亚当代著名女诗人、环保主义者、社会活动家。赖特一生笔耕不辍，创作了三百余首诗歌，出版的主要诗集有：《流动的意象》（*The Moving Image*, 1946），《女人对男人说》（*Women to Men*, 1949），《通道》（*The Gateway*, 1953），《两种火》（*Two Fires*, 1955），《鸟》（*Birds*, 1960），《五种感官》（*Five Senses*, 1963）等。其诗歌在国内外多次获奖。1991 年，赖特成为第二个获得女王诗歌金奖的澳大利亚人。

赖特面对澳洲本土现实写作，其作品主题涉及战争杀戮与故土家园，以及澳大利亚白人、土著居民和环境之间的关系，揭露殖民主义及后殖民主义时期白人对澳洲土著的迫害和不公正对待，呼吁保护后者及其合法的土地权益。赖特诗歌审美独具一格，善于用细腻独到的观察和象征手法热情讴歌大自然和生活，同时表达对人类破坏环境的担忧。赖诗中的许多意象取材于澳洲独有的动植物，异域风情浓厚，往往蕴含一层神秘的哲思色彩。

北方的河

每当夏季愈发酷热
我便开始思念我的河，
喝着山里白哗哗的泉水长大，
被鸟儿暗恋的河，那铃鸟，
鸣声宛如飞瀑。
和青藤互道晚安，
与岩百合一同苏醒，
静寂中河在诉说，
我的心便静了下来。

到了平原，你河谷渐宽
他们坎坎伐木，荒野之河。
你的河道他们拦阻，还篡改
你甜美的四音步抑扬曲。
胆怯的灰袋鼠，再不会睁着一双无辜大眼
来到你晨光熹微的洼塘；
只有卑顺他们的牛羊
杂沓泥泞的饮水区。
流经他们的道路和城镇
你无法纤尘不染。

你日渐老了，倦了，
举步无望了——猛然间，就在那儿
在那红树林里，
一丝清冽款款袭来，
大海送来了潮汐的问候；
你喜极而栗，
海啊，纳尽
悲喜 亦容尽
百川记忆。

一对对恋人

我们正在世界各地相聚和分离
我们，迷茫的一对对，
黑夜中手牵着手，忘却黑夜
于彼此短暂的幸福中，静默。
寻寻觅觅的我们，抛却所有
只为这一件，仅此一件，
别忘了狭窄的坟墓里
我们终将孤独。

死亡正统帅三军围堵我们。
脚步杂沓，太近了
用你温热的手捂紧颤抖的心吧
我才不再惧怕当下。
黑夜里请找寻我拥紧我，
神秘的战鼓开始敲响，
在我们周遭，在一对对恋人的周遭，
死亡收紧了封锁线。

采石场上的火焰树

那山早已支离破碎
盘剥一空后一片死寂，
如同一颗荒野骷髅，自那儿
跃出一树繁花，鲜红如血。

自那被撕裂的大地之口
飘来古老的礼赞。
歌声依旧血肉谱写 纵然歌者已逝——

灵肉交与世人欢畅，
歌声传递人间祈望，
只那一眼交杯的目光啊
我心已烈火熊熊。

自那道伤口，不偏不倚
喷出这一猩红的气息——
这热腾腾的喜悦之泉，
这活生生的死亡之魔。

鸟类

无论哪种鸟，其本身就是完美的。

红隼凛冽，如同一弯锋芒，

画眉浑圆，像一位母亲或者，一颗圆溜溜的水珠

绿鹦鹉聪明，急转弯时要伴随一声尖嚷——

这些全是一只鸟儿该有的样子，一点也没超出半分。

鸟儿所干的事儿都是鸟儿该干的事儿——

冷峻的红隼饥饿时会独霸天穹，

画眉会在微颤的露水中放歌，

鹦鹉会偎依会争吵会闭上怪异的眼睑——

所有这些全都因为它们是鸟儿，它们做的都对。

可我却被自己的同类撕扯和围攻。

我心房的血还是他们给的，

他们蜂拥而入，在这所房子里争夺各自的版图——

各执己见，挟着各自的愿望和意志前来拯救我，

把我变成其他人类的样子。

假如我能远离他们的风云之地，去往鸟儿的森林

假如我能将过往、现在与将来融为一体

并为所有这些语言找到背后隐藏的词语。

我将把我的所有激情熔入一块洁净的石头

对自己简单，像鸟儿对待鸟儿一样。

火焰树

我说，如何才能像火焰树一样，活着？
——如何才能像火焰树一样了然；如何
才能像那狂野之树一样挥霍此生呵
直至消磨殆尽我的深情？
那情人结里的水、土和太阳，
那费解的理性问题后的简单答案，
在这忽至的季节里于内心抽枝盘桓。
我明白我将明白的一切。

我该如何谢你呢，是你教会了我等待
于静默中等候索和予的时刻：
去索取，于索取中给予，于给予中活着：
于自我迷失中，找寻？
这就是火焰树；看吧，她何其华美
无意开花，却已团团簇簇，愈开愈盛。
凡大地从她身上索去的，都将回赠。
这就是爱人间的致谢，他们心心相印。

在库鲁拉

在库鲁拉暮色中捕鱼的蓝鹤
捕得远比我们的世纪古老了。
他无疑是湖泊和夜的子嗣，
至死都披着他们的颜色，

而我不过是个异客，来自征服一族。
我无法拥有他的宁静，面对他的湖，
承受眼前万千美景对我的厌恶，
惴惴不安，只为一宗旧时杀戮。

那些曾被称作库鲁拉的人皮肤黝黑
他们深知土地得失绝不经由冲突鏖战，
大地即魂：入侵者双脚必深陷
层层罗网，鲜血必因恐惧流干。

九十年前一个正午，
我那扬鞭策马的先人被幽灵召附——
一名全副武装的黑勇士，
没入平原荒芜，一如当下没入过往。

沙滨如雪，芦苇飘羽，白千层，
鹤鸟与天鹅遨游的澄净天堂——
我清楚我们以爱之名，
不过在掩饰傲慢的愧疚，别无其他。

脚踩净沙，四周
鸟兽踪迹纷纷，一根浮木长矛出水般
凌空刺向我；于是，和先人一样，
我当安抚一颗惶恐不安的心。

风景

看着刚逝去的人心爱的一处处风景
就是步入黑暗，再出来。
每一片明亮的叶子都向光而生
直至告别它的怀抱，投奔大地：
草、木、人生，寻常凋零
为她蒙上绝美的面纱。短暂的永恒里
岩上的土，土上的草，草上
站着的人，都无法掩盖她的地表。岩石——
压着我们母亲的岩石，缄默，无情，
我们遥远的盲从的兄弟，未来，和过去，他们没有运气
也从未出生。此刻那刚逝去的
被安放于岩下。此刻我们为那双眼睛哭泣
面对心爱的风景它们目光紧闭，并终被领会。

金合欢树

树知道四大真理——
土、水、气和太阳之火。
树集四大真理于一身。
根，枝、叶伸展
自种子，它们共同欢愉
直到树梦见身体里有个声音
把四大真理合成一个伟大的金子般的词。

——哦，我早知道这个词!
我应该大声呼喊，比任何鸟儿都要大声。
哦，让我永远活着，我将哭泣。
这词能使缄默无爱的死亡成为不朽;
完美、充满激情，
将爱与时间焊入种子，
直至树自我重生，并永远为树——

然后自下而上从土里
从水里，
然后自外而内从空气中
和那倾泻而下的光里
倒出金子，直至树和这金潮一同颤抖。

此刻我从世界的四大元素中创造
我的不朽；它在花蕾中成形。
是的，此刻我正含苞，并终于绽放
我无以言表的真理：
向着千千万万个太阳的形象说到，我的上帝。

夜晚的鹭鸟

下了一天的雨终于歇了：
朝西的街道上
亮起渐黄的光；
漆黑的路面闪闪发光。

先是一个孩子探头，看到了，然后告诉另一个。
一张脸，又一张脸，一扇扇窗口
花朵般绽放出一双双眼睛。

犹如长长的引信点燃，
消息不胫而走。
没有人大声喊；
每个人都在说："嘘。"

灯光愈发地亮了；潮湿的路面
泛起水仙花般的嫩黄和洁白，
路中央
走来两只高高的鹭鸟。

甚至，比野鸟更神奇，
那些脸上都发生了什么呀：
仿佛突然间信奉了神谕，
他们开始微笑，敞开心扉。

孩子们想起了清泉，
马戏团，喂天鹅；
妇女们记起了一些词
年轻时曾被说过。

每个人都在说"嘘"；
没有人大声说话；
突然间鹭鸟
腾空飞起，消失不见。灯光暗了。

火焰花开

是你种下的它；
它长高了，长得枝繁叶茂，
绿荫如盖；大树庇护，蜘蛛开始结网
鸟雀穿梭欢绕。

它长得真好呀
只是从未开花，我们的目光足够忍耐，
给它择了一处倚着窗棂
就能看着它的地方。

如今，就在第十八个春天，
如此突然，如此全然，如此盛然
它抖尽所有枝叶净身而立
召唤着，聚集着，

全身上下一切的能量，每一分力量，
于每一处根须内抽攫出
这喷薄而出的红，将我的眼刺成
花之痛。

是你种下的它；
我倚着窗棂，见它
于萧萧落叶中独立，一如我们当年的祈愿，
光阴已逝，花开如期

钦努阿·阿契贝诗选

刘海燕______译

钦努阿·阿契贝（Chinua Achebe, 1930—2013）

钦努阿·阿契贝，尼日利亚著名小说家、诗人和评论家。他文笔恳切犀利，著述颇丰，擅长用英语写作，长期引领非洲文学的发展，以书写西方殖民主义影响之下尼日利亚的社会现实而著称，享有“非洲现代文学之父”的美誉，同时也因作品的影响力被评为“全球百名公共知识分子”称号。长篇小说代表作为“尼日利亚四部曲”：《瓦解》（*Things Fall Apart*, 1958）、《再也不得安宁》（*No Longer at Ease*, 1960）、《神箭》（*Arrow of God*，1964）、《人民公仆》（*A Man of the People*, 1966）；诗集代表作为《当心啊，我心爱的兄弟》（*Beware, soul-Brother, and Other Poems*，1971）；代表性评论文集为：《创世日前的黎明》（*Morning Yet on Creation Day: Essays*，1975）、《尼日利亚的不幸》（*The Trouble With Nigeria*，1983）以及《家园与流放》（*Home and Exile*，2000）。

1966

神情恍惚
毫无想法的日子
坐在可怕的控制装置旁
懒散地操作

一个缓缓探入
地下竖井深处的
金刚石钻头
愈往下钻愈加靠近
残留的混乱
与罕见的自流仇恨
那些曾经喷向上帝
面庞的温血
证实了他在
伊甸园的第一次失望。

恩苏卡，1971 年 11 月 19 日

难民营中的母亲

麦当娜抚摸不到孩子
对儿子的柔情
她可能很快就会忘记……
空气中弥漫着一股难闻的腹泻气味，
久未洗澡的孩子肋骨嶙峋
肚子鼓胀，干瘪的屁股
在吃力的步履里摇摆。那里的其他母亲
已经很久没有关心过孩子，除了这位：
唇齿两边挂着幽灵般笑容。
眼里涌动作为一名
母亲的骄傲回忆…… 她给儿子洗过澡
用手给他擦过身子。
她从一捆物品中留下
一把断梳，仔细翻找
儿子头上留下的锈色头发
接着——双眼一片嗡嗡——开始小心地从梳子上取下头发。
在以往的生活里，这也许是
在儿子吃早餐和去学校之前
她每天做的一件无足轻重的日常小事；但现在做起来
无异于把花放在小小的坟茔上。

神罚

老人床上的
稻草着火了
那是被气息干燥的哈玛丹风
吹了一夜的木头点燃的。不顾年迈
体衰，老人挣扎着站起，指引自己
走到无烟的安全地带。

一只灵巧的老鼠钻出洞口
匆匆地左右瞅看
飞快地穿过地板
逃到附近的农田。

甚至可怕的佃户
蟑螂，没有什么可以
阻止它们挥动翅膀从裂缝里逃命
只有情况万分火急，它们才会如此。

徒留不断
被供着饰有羽毛贡品
凝固在血黑色仪式里的家神
死在柴堆熊熊燃烧的
茅屋里。

圣蟒哀歌

那时我在场，蜥蜴
三三两两，它们是
河神伊德米利的孩子。上天
第一次啜泣流下的苦涩泪水
造就了我的在场。自天而生
我步态高贵地行走于大地
成群的哀悼者
沿着葬礼小径排列
穿过长长的阴影
死者在时断时续颇为恐惧的挽歌中
认出了我的脸。

然而最近
一个被追逐的流浪神，
似乎，因他在家乡所行的恶事
来到我们这里
在人们的圣树下
支起了帐篷
从树梢吊起
一个行走江湖的喇叭
反复地呐喊不为人知的叛乱，
丑闻，不当的豁免。
我以前遇到的只有
恐惧，虽然我没有带来恐怖
从收到创世之日的礼物起，我此刻必须
开启我的旅程
这是不光彩的逃离
孩子们不再游戏
尖叫声在我耳畔回响：
　　小心，大蛇！小心，大蛇！
　　基督徒喜欢蛇肉！

曾在大地的根基
撑起天上无尽水域云堤
强大的伊德米利神
竟在神殿上被无知的人背叛
陌生人俗艳的礼物驱使他们
把他绑在变成屠宰场的
祭坛神龛里，迎接血腥的降临节
一个误入歧途的食人魔
龇着牙要吃掉他的同胞。

天空在厌弃中
渐渐退去；遭遗弃的孤蛇
在阴影里哭泣。

尼日利亚的人口普查

我不会与你一同哀悼
消亡的人口，你那从国王民数册里
抹掉的封地上的
沉默残垣

因为在你大路边
的石头房子里
你曾在黎明听到过难民
讲述大屠杀与他们领地
横跨七条河流的瘟疫

像一只飞行的犀鸟
你从门槛缩回穿着拖鞋的
脚，躲避
他们恳求的目光

然而，比遥远的黎明故事
更遥远的瘟疫
已经搭乘奥贡鲁莽的战车
在夜幕降临时
叩击你的铁门。

振作起来，哦，首领；无论
如何悲痛，杀戮数目数错多少

都是对大胆篡改历史的
一种愉快的逃避。振作起来，
因为这些模糊条目的背后
是抄写员的猖獗，
这些文书猎头的光荣归来
永远配不上静默流淌的
血河。

如果我这勉强的安慰于事无补，
请带着漫长而平静的眼光看看公元 2010
这个消息再次传出去时
——取决于哪位凯撒
命令计数——新的大城市
可能在今天的荒原上拔地而起，
繁荣的城市也可能转瞬
化为海市蜃楼

宫廷里的计算便览
算他方收益
我方损失，让我们
——不论他们想要多少就有多少万人——那般强大！

他爱我；他不爱我

“哈罗德·威尔逊爱我
在我必须射杀
反叛的弟兄时
他给了我
一把枪。
爱德华·希思
不爱我，他应允给
神枪手兄弟
一把枪，看着我
冒险地穿过
白比勒陀利亚的壁垒……这
将会很可怕
如果让他逮到我。”这
很可怕，他抓到了
他。他们在 BBC 上
用头条新闻
向全世界散播
愤怒，当天晚些时候
紧急会见了他的好友威尔逊和希思
敌人用剑刺杀
他，在西方——
大教堂，并立即派
亚历克爵士前往非洲
参加葬礼。

秃鹫

一个灰蒙蒙

飘着细雨，有些阴郁

尚未破晓的

黎明，一只秃鹫

依偎着配偶

高高地栖息在

一颗枯树的

断骨上。树根处

一块鹅卵石扎在

一堆恶心的羽毛里。他那

被撞得光秃的

头，深情地靠向

她的头。昨天他们

在一条浸水的

战壕里啄食

一具浮尸的眼睛

啃食它的内脏。饕餮

之后，选择栖息在

如望远镜般冷峻双眼

能看到空心残骸的

地方……

　　奇特

非凡，还有什么方式的爱

比这更特别

挑选藏尸房的

一个角落

在那里清理与盘桓，也许

甚至进入梦乡——她把

脸转向墙壁！

……因此，这天

贝尔森营地的指挥官

带着顽固地粘在

鼻毛里的

烤人肉气味回家

他在路边的

糖果店停下

为在家

等待爸爸

归来的年幼孩子

挑了一块巧克力……

　　慷慨的赞美天意

如果你愿意

甚至请赋予内心既冷酷又绝望

封印在洞穴的

食人魔

萤火虫般的

柔情

因为在血缘之爱的

起源里，住着

永恒的

邪恶。

“如果”的历史

试想，如果希特勒打了
胜仗，那今天我们的历史书
得多糟。美国人
被胜利冲昏了头脑，
以战争罪绞死了一个
日本长官。一代人之后
发痒的手指会戳他们的脊梁骨：
　　我们是不是得绞死
　　在越南犯下
　　更血腥罪行的
　　威斯特摩兰！
但现在人人都需明白
相比受害者
绞死的代价更大
不管他有多少显见的罪行。就算
动用私刑，也需要一个法官——
一个胜利者。试想，如果
希特勒赌赢了，那今天
我们的世界得多乱。他在
英吉利海峡对岸的死敌
一定会因战争罪
被处死。至于哈里·杜鲁门，
广岛的恶棍，更不用说！
如果希特勒赢了战争
戴高乐就不用
再被审判，因为巴黎已经将他
以叛国罪处死
不是吗？……如果希特勒赢了，
维德昆·吉斯林就能保住
挪威首相的
位置，这一切
都得是希特勒赢了。

战争结束后

战争结束后，生命
绝望地抓住一切
常态的迹象
就像藤蔓缠绕
中空的树枝；饥渴的根须
蔓生至瓦砾
与每一片碎玻璃处。

我们曾经诅咒的
愤怒复返欢乐的
餐桌，就像从城市回家的
浪子一样……帮助我
处理首次账单的计费员
为我和周遭阴沉的
陌生人带来一张
友好的脸，他感激地
微笑着走到门口。

战争结束后
我们紧紧抓住
浮渣，在耗尽力气的
洪水漩涡里
倦怠的搏动……康复期的
舞者重新加入
舞蹈行业为时尚早
我们无力的双脚意图
像以前一样，但已不再
熟练，只能跳些
依稀记得的
奇怪舞步。

历经多年
步步紧逼的死亡
与临终时的眩晕后
我们很高兴一起摆脱了恐惧
与冒险得来的功劳
在一个浅坟里，逃离
那条悔恨的路
我们径直回家如鬼魅般狂欢。

停战纪念日

你宣告志哀
降半旗
表情肃穆，你得体地
退后，对环绕鲜花的
空墓穴底部敬礼，你的
赞美之词——毫无意义，没有什么
能让他们的灵魂安息。如果
可以选择，他们会
乐意为了你，同样
表情哀恸，乐意为你
降下半旗，为你
颤抖地致悼词——还有
活着……必须承认，你
也受过苦。你靠各种
费用卑微地活着；
日日夜夜处在
焦虑悬崖的边缘；整洁的
头发失了光泽，轻巧的
身体变得臃肿。的确
你受过太多苦。但现在
你有一打的办法
恢复你原本的样子。
任意选择一种，很快
你便会忘记恐惧

苦难与深渊边缘的
危险……
商店里又储满了
各式染发剂，蕾丝织物
宝贵的东西都将回归；因此
你会找回失去的欢笑
腰围，然后开始遗忘。但何时，
多久，他们会死去？ 很久，
久到你逐渐忘却
在转世的危险和严酷前
他们会再次变成新来者，
曾经由陶工巧手捏出
最精致伤痕的糙土，
如今又被压回了原始的
泥土，他们会记得。
所以害怕他们！害怕
他们恶意冤屈你阵亡的
亲人。害怕他们的血仇；
为他们来访的日子
颤栗！逃离！逃离！逃离
罪恶的王宫与城市！逃离
以免他们搜查
你的住所，在紧要关头
逮到在家的你。祈祷
他们空手而归
祈祷那天让他们炽热的
仇恨在来年里继续发酵……
你的华丽托辞不是为了
他们，也不是为了你散落
在十几个城市的伊杜摩塔英雄
铜像……逃离！到偏僻的
地方寻求庇护，直至
新一代的英雄方阵
在纯净的儿童牧师身后
冉冉升起，开启一个
赎罪的季节，从被繁重劳动
磨出老茧的手中
拯救出温柔的和解仪式。

埃内斯托·卡德纳尔诗选

陈子弘______译

埃内斯托·卡德纳尔（Ernesto Cardenal Martínez，1925—2020）

埃内斯托·卡德纳尔是尼加拉瓜当代著名诗人，也是现今拉丁美洲和西班牙语文学世界最杰出的诗人。早年毕业于哥伦比亚大学，他同时还是一个天主教神父，也是一个左翼革命者，1979 年桑地诺革命成功以后，他曾担任尼加拉瓜的文化部长。他是公认的拉丁美洲解放神学的主要倡导者之一。著有《活着就是爱》《为玛丽莲·梦露祈祷》《向美洲印第安人致敬》《来自尼加拉瓜的爱情》等 35 本诗集。2009 年他获聂鲁达诗歌奖，获奖理由是他“更新了西方的经典传统，使该传统与当代的现实相结合，也因为他对本大陆原住民的持久关注以及他的政治担当”。卡德纳尔的诗不仅在技巧上，也在人生态度上有着巨大的创新，注入了他的社会批判思想，他是当代西班牙语诗歌中最重要和最值得传颂的诗人之一。泰晤士文学副刊曾把卡德纳尔与庞德及聂鲁达列为具有同样影响力的诗人。2012 年卡德纳尔获西班牙索菲亚王后伊比利亚美洲诗歌奖。

这个地方叫“和谐”

他跑得很慢，以防到得太早，而她开得很快
因为就要迟到了。

他沿着一条高速行驶，她沿着另一条，
两车在交汇处撞上
（这个地方叫“和谐”）。
警方表示，这一事故发生的几率是
“百万分之一，”
因为两条路在那处很宽敞
而这两车的司机
硬是会完全看到对方
“除非他们两个心神不宁
径直想着都要去的特别地方……”

但警方却不料这俩是在约会
相撞两辆车火急火燎同一个地方。
这个刚巧比警方所知却大了许多：
无论百万分之一或是十亿分之一
都是个无限可能的恰恰嘛
要不再确切些没有巧合或机率
事情也不可能是其他任何搞法：
他和她是定好了约会时光
他俩还对过了手表
而且这俩准时得太不像样。

这就是全部内幕。

女人们一直看着我们

……一个下午我们来到山谷中
果树环抱的市镇
人民安居乐业，绝无一丝噪杂和喧嚣，
他们从不争吵，或叫喊，只是轻声交谈，
让这里仿佛不再像尘寰。
夜里他们常到月光下歌唱
并伴着吹奏乐起舞。
他们又常请我们加入歌舞，
我们有时也会应邀而入，
他们想了解我们歌词的含义。
女人们一直看着我们，
也有人过来询问我们
是否我国女人也与我们是一样的肤色。

水彩

金色的茅屋围起了刺蓟；
猪儿在街上，
一个车轮
在屋旁，院子里有个厕所，
一个姑娘正朝着水罐灌水
还有莫莫童波[1]
蓝色，在鲜艳的内裤后挂出的
黄色，白色和粉红。

1 莫莫童波（el Momotombo），尼加拉瓜最著名的火山之一，位于伸入马拿瓜湖的一个半岛上。

水手约翰·洛奇

他在南美下船砍柴火
遭一个印第安游牧部落扣留。

……这些印第安人称沃拉韦人，或扁头人
他们因头型而得名
他们通体土色并像陶罐一样加以描摹
身披大羽毛宛若鸟儿。
他们居无定所绕着森林漫游
假如夜里风或野兽触动了树叶子
他们就动身然后整夜奔走
又没有计时的办法
还过着无纪年的生活。

隽语集[1]（选译）

这些句子我给你，克劳迪娅，因为你是它们的主人。
我简简单单写出来，便于你理解。
它们为你而写，但如果你了无兴趣，
某一天，它们或会传遍拉丁美洲……
如果支配他们的爱，你也会鄙视的话，
其他人将梦到这份不归他们的爱。
也许你会看到，克劳迪娅，这些诗，
（是写来赢取你的）将在其他
读到它们的相爱一对那儿
唤起诗人没在你身上唤起的亲吻。

※

照顾好自己，克劳迪娅，你我在一起时，
因为最轻微的手势，任一个词，克劳迪娅最轻微的
叹息，还有最轻微的粗心大意，
或许有一天都会被学者们检查，
这支克劳迪娅之舞也会在要来的几个世纪里被记取。
克劳迪娅，我要警告你。

---

1 本诗标题原文为 Epigramas，在西班牙语中意为短诗、短句，引申意思也有俏皮话的味道。

※

失去你时，你我就都失去了：
我，因为你是我最爱的人
而你，因为我是最爱你的人。
但在我俩之中，你失落的比我多：
我或可以像爱你一样爱别人
你再不会像我爱你那样得到爱。

※

这会是我的报复：
某日，一个著名诗人的书落到你手中
而读到这些作者为你而写的诗行
但你却全无知晓。

※

他们告诉我你爱上了别人
然后我就回到了我的房间
还写了那篇反政府的文章
为此我被关进了牢房。

※

我们的爱情诞生在五月，凤凰花盛开时
——当马那瓜的凤凰花[1]盛开时——。
只有那个月，它们才开花：其他月份，它们会结荚。
而凤凰花将再次：五月开花
但消失的爱情再不会回还。

※

昨天你在体育场内
于万千人潮之中
一进来我就看到了你
仿佛就你一人在
体育场的空旷里。

※

伊莱娜：仙女座星系，
700,000 光年之遥，
晴朗夜晚肉眼可见的，
比你更接近。
其他孤独的眼睛将被我从仙女座上看到，

1 凤凰花，原文为 malinches，尼加拉瓜本地人称其为马琳切花，如同在中国广州这花被称为红花楹。

在他们的夜晚，我未见到你。

伊莱娜：距离就是时间，而时间飞快。

宇宙以每小时 2 亿英里的速度

正在向虚无扩张。

而你离我有几百万年距离。

财富感

我歌颂的不是斯大林格勒保卫战
也不会是远征埃及[1]
更不会是西西里登陆战
甚至艾森豪威尔将军十字军莱茵河东征：

而我只歌颂被一个女孩俘虏。

既没有莫洛克珠宝店的珠宝
也没有德雷福斯的香水
更没有云母盒里的兰花
甚至没有凯迪拉克
用只用：我的诗赢取了她。

但她更喜欢我，虽然我很穷，比不上
索摩查的百万金钱。

1 远征埃及（campaña de Egipto）指 1798 年至 1801 年法国远征奥斯曼帝国辖下的埃及，战火并烧至叙利亚，史称埃及 – 叙利亚战役；索摩查（Somoza）指尼加拉瓜独裁者索摩查家族，其独裁统治在 1979 年被桑地诺革命推翻。

为玛丽莲·梦露祈祷

主啊
接受这个世人皆知名叫玛丽莲·梦露的女孩吧
尽管这不是她的真名
（但您知道她的真名，那个九岁即被强奸的孤儿，
刚刚十六岁就企图自杀的售货女郎）
她现在素面站在您面前
没有 媒体经纪人
没有照片或签名自传
孤独如面对外太空黑暗的宇航员。

小时候，她梦见自己赤裸站在教堂里
（根据时代杂志的说法）
站在匍匐在地的信众前，而且
不得不踮脚走路以免踩到头颅。
您比精神病医生更熟知我们的梦想。
教堂、房子，或所有代表子宫安全的洞穴
而且还有更多……
这些头颅是仰慕者，如此清晰（这群暗处的头颅
在打向银幕的光线下。）
但圣殿并不是二十世纪福克斯的制片厂。
这圣殿，金碧辉煌，是她身体的圣殿
在里面人子站着手执鞭子
驱使着二十世纪福克斯的找零机
它把您的祈祷室变成了盗贼的洞穴。

主啊

在这个被放射性和罪恶败坏的世界，

您肯定不会去责备一个售货女郎

她（就像任何别的售货女郎一样）梦想成为明星。

而且她的梦想变成了“现实”（技术色彩的现实）。

她所作的一切都遵从我们给她的剧本，

那是我们生存的剧本，并且毫无意义。

宽恕她吧，主啊，也宽恕我们所有人

看在我们这个二十世纪

和让我们共同分享的这个庞然大物超级产品的份上。

她渴求爱情但我们给她镇静剂。

由于悲哀无法成圣，

他们需要精神分析。

主啊，记住她与日俱增对镜头的恐惧

和对化妆的憎恨（尽管她坚持每个场景都换新妆）

而且恐惧是怎样的滋长

她在制片厂的不守时是怎样的滋长。

就像任何别的售货女郎一样

她梦想成为明星。

但她的生活一如分析家体味和纪录的梦一般不真实。

她的浪漫是闭着眼睛的亲吻

但她的双眼睁开时

却发现是在聚光灯下

聚光灯已经关闭
而室内的两道墙（它是布景）被拆除
当导演丢开手上的剧本，
布景正被安全封装。
一如游艇之旅，新加坡之吻，里约之舞，
温莎公爵和夫人宅邸的招待会在
廉价公寓悲伤的俗媚中回放。

影片没有最后亲吻而结尾。
他们发现她死在床上，手扶电话。
但侦探们永远不知她打给谁，
那就
仿佛某人拨通仅有的友善声音
并听到预录磁带说“打错了”；
或像某人被歹徒们杀害，她
打向一部被切断的电话。

主啊，不管
她想打通的那个人是谁
但又没打通（也许根本没有人接
或是不在洛杉矶电话薄上的大人物），
主啊，您接电话！

水田宗子诗选

黄 真______译

水田宗子（1937— ）

水田宗子，日本诗人，女性批评家，城西大学原理事长，有诗集《归路》（2008）、《圣塔芭芭拉的暑假》（2010）、《影与花》（2016）等。

生命的飞翔

那些长着翅膀的
全都逃走了
蒲公英的绵毛
一路飞向着陆地
蝴蝶们
发誓还会再回来
那些飞不起来的
蜷缩起身子
遮断空气
藏身到落叶里
潜伏进泥土下

飞走了的种种
被空气背叛
藏身地下的种种
被土地背叛
因为被污染的种种
早已被敌人占领
可生命的主题
必须存活下去
经历了丧失　疲敝
直至身体无法动弹的
疾速逃奔的生命
忍耐住了内心黑暗的生命
梦想着此处一瞬而过的光
那终究会遇见的光
和彼岸的
生命
要飞翔
哪怕翅膀破了
哪怕没有翅膀

幕间

每当受了伤

就包扎一下

疼痛

终究会被遗忘

把现实从梦里剥离出来

曾经

我是这样

追逐着

站立在阳光倾注的

风景中的你

梦中风景的一幕场面

仿佛你就在这里

又或者你身在遥远的彼岸

摆出不曾相识的表情

梦总是清醒着

总是在苏醒

我已经不再追逐你了

幕间的此刻

并不是休止的时候

这等不来剧终的

没有休止的

时间的

日常

老家

老家剩下了一座长屋门[1]
会开花的树丛
会结果的树丛
仓库的故迹和浴池的故迹
干农活的宽敞前院
蓄水池此时集满雨水
缓缓地朝着日落的方向
隐没的农田
主屋是被修复过的
一座无人居住的纪念物
一所仅存下门楼的房子

中国的诗人们来到这里
读起了诗
在开着花的树丛下
在逃亡诗人的诗碑旁
追思友情
哀惜今已不再的事物
在异国的阳光里
将战火忘记
在睚眦必报的记忆的
深渊上一跨而过
彼此满心愉悦地
读起了诗

---

1 一种日本传统的门的样式，门的两侧建有长条房屋。

逃走

全都被带走了
现存的东西
都已被摧毁
变成了垃圾山
见证着
这景象
这照片
这影像的
这片土地
大都市的繁荣之下
并没有安宁
危险正张着大口
近处杀戮部队的
震地声响令人腿脚颤抖
鞋子的印痕
邻人要怀疑
友人不可信
见死不救的就是他们
恐惧和疲惫
在街角不要回头顾看
被追踪时
要假装不知
要径直地迈步向前
就算大门敞开
也不要踏入
陷阱正摆布着甜美的黑暗
代理人不是你的同盟
精神病楼是通往死亡的道路
防空洞的窒息
洞穴的爆炸
不要向河里扔
烧焦的身体
在这空气、水和风
都已卷入其中的
并非同盟的大自然里
径直地穿行而过
最终
就会抵达
那片被遗忘的土地
那片尚未成为靶标的土地吧
在那片土地分裂之前
存活下去

忘却

慢慢忘却
一天天　一点点地
平安总会到来
每天的
这个时刻
和平的独居生活
必定会来到庭院里
五月里
是鸟的啼声
是凌霄花的火焰
是忍冬花的甜汁
盂兰盆的时候
是黑蝴蝶
是潮湿的空气
是青紫色小花瓣的丛簇
八月里
太阳的光
在发怒
“还不屈服吗”是他的复仇之念
秋天
是致意终幕的
开场号角
如此这般
安稳的日常时刻
这不知愈合为何物的
忘怀了一切的
现在 这个时刻
和平的
时刻

曾经，这里有过房子

曾经
这里有过房子
风景一瞬就变了
这里曾有街市
这里曾是
无色的集合住宅
是并立的高层住宅结成的
混凝土方块
并不会被轻易毁坏
它们最终成了空屋
被黄色炸药爆破
成山的瓦砾堆里
塞挤着怒火和梦想
这里变成了公园
蓊郁的繁枝之下
已经再无他物
人们都到哪去了
住进了新建筑的小单间
狭小的床
是梦中的风景地
此处是郊外
而遥远大都市的地下
并没有垃圾堆成的山
那里有房子
那里有街市

守院人不知从何时起

这座院子曾有个守院人
这座院里有某种
平衡得
岌岌可危的
水边作战在反复
他把入侵者阻拦在外
既没有缺失
也没有过剩
为了不让地下水
喷涌出来
为了不让枯竭了的记忆
忽然复苏过来
搅乱这寂静
为了不让过剩的欲望和能量
不满和牢骚猝不及防地闪现出来
他把无意识禁闭
把深层抹平
给枯井盖上盖子
鸟巢留得不多不少
树上的果子摘到仅剩些许
不种蔬菜
也不施肥
杂草一样的野花
青鳉鱼和一条金鱼

一天只给喂一次饵料
他在半夜将风捋平
不让雨水积存下来
偶尔会下点雪
可朝阳和夕阳却照得恰到好处

即便如此
春天里风信子还是首当其冲
紫阳花不出所料地改变颜色
蓝莓召唤着鸟儿
夏天里木通和木李结着果
秋天里
深色的树叶飞舞
杂草丛染得通红

守院人不知从何时起不见了
鸟和虫也退出了舞台
野花日渐稀疏
树木蒙胧胧地消失
就像梦一样
尘埃飞扬
落叶哗啦哗啦地飘走了
在没有边界的遥远尽头
空气的
尽头
呆呆地
立着空地的看守人

花的化石——向着天空[1]

世界上开出的第一朵花
那时风在吹着吗
阳光在温和地流注吗
大地在闪闪发光吗
啊　绽放的快感

请不要这样倔强地沉默
对我说说那时的事吧
是陨石落下来了吗
是洪水冲过来了吗
风暴还没有平息
灼热的火焰翻腾而上
地缝把一切割裂
你被裂缝之中
没有形成土地的颗粒
咯吱吱地挤擦着身体
啊　痛苦的诞生

封闭的
崩塌洞穴里
开裂着
创伤的回忆

1 此诗中的“花的化石”是指 2009 年在辽宁发现的花化石，是当时发现的世界上最早的被子植物典型的花。

就这么过了一亿年
仅此一次的开花的回忆
却也是最初的花的经验
永远的最初而仅有的一次
一亿年都在瓦砾里
幸存下来的回忆

仿佛是向着遥远的天空
流淌而去的
枯水之河的回忆
那时是枝繁叶茂吗
还是　仅有
最初的一条绿枝
那纤纤细嫩的
那顽强的
绝不展露秘密的
最初的事物

你明明早已消陨
却为什么存留了下来
是因为太过细小
巨大的翅膀拔你不起
尖细的嘴巴叼你不走
才逃过劫难
留下来的吗

是谁放过了你

又或者那些不愿放过你的
在反复进行了消灭之后
把你留了下来
你被藏进深深的尘埃下
成了干枯的死之化石
悲惨的化石
这无颜色的惨烈模样

这样的质感
这样的重量
这永远绽放的
何等极致的干枯
这被称为永远消陨的
幸存

不要将它挖出来
那泥土中干枯至极了的物体
不要把它暴露在
耐热的玻璃里
陌生的光亮下
无情的语言
残酷的留恋

你并没能赶上满开
在你这朝向天空的身姿里
有你停止呼吸的那个瞬间
有你将一切倾吐而出的瞬间
在你未被化石封印起来的
那道影子的一息里

我想碰一碰你
触碰在一亿年的沉默中
未能幸存下来的
你的呼吸
触碰你开花的
那一瞬
触碰化石的模糊的
永远
活着的影子

曼努埃尔·阿莱格雷诗选

郎思达、姚　风______译

曼努埃尔·阿莱格雷（Manuel Alegre，1936—　）

曼努埃尔·阿莱格雷，葡萄牙著名诗人、作家、政治家。生于葡萄牙阿格达，1961年在亚速尔群岛服兵役，一年后被派往安哥拉参加殖民战争。1963年，因反对萨拉查独裁统治被捕并遭受监禁，后流亡阿尔及尔亚达十年之久。1974年“康乃馨革命”后返回葡萄牙，加入社会党，在政治舞台崭露头角。2005年曾以独立候选人身份竞选葡萄牙总统，拥护者甚众，可惜屈居第二位。他曾说：“我的诗歌与我的生命押韵。”他在漫长的写作生涯中写下大量反对殖民战争和萨拉查独裁专制的诗作，其作品曾被禁止发表，有的因广为传唱得以留存，代表作《风之吟》由著名“法多”歌唱家阿玛丽亚演唱后家喻户晓。其后期诗作侧重对生命与时间的思考和吟唱。他几乎获得过葡萄牙所有重要的文学奖，如葡萄牙作家协会诗歌奖（1998年）、佩索阿文学奖（1999年）等，2017年荣获葡语国家最高的文学奖——卡蒙斯文学奖。

南邦贡戈，我的爱

在南邦贡戈[1]，你什么都没有看见
在漫漫长日，你什么都没有看见
砍下的头颅
炸裂的花朵
不，你什么都没有看见，在南邦贡戈。

谈起广岛时，你说从未见过
每个人身上都有一个不死的死人
是，我们都听过广岛的悲歌
可是你听，在南邦贡戈
每个人身上都有一条不流的河。

在南邦贡戈，时间被塞进一分钟里
在南邦贡戈，人们记住，人们忘记
在南邦贡戈，我因目睹死亡而赤身裸体。
你不知道，但我告诉你：很痛苦。
在南邦贡戈，有些人在腐烂。

在南邦贡戈，人们以为再也回不了家
每封信都是诀别，每封信都是死讯
每封信都是沉默，都是反抗
在里斯本也一样，生命就这样流逝

---

1 南邦贡戈，安哥拉西北部城市，安哥拉独立战争时期（1961—1974）作为安哥拉人民联盟（UPA）的首都。1961 年 8 月，葡萄牙部队占领了南邦贡戈。

在南邦贡戈，人们以为再也回不了家。

你和我谈起广岛

却不知道这段漫漫长日

恰恰属于我们的时代，唉，在南邦贡戈的时日里

“生命”与“死亡”押上了韵脚。

第一首泪水之歌

我的朋友死了。我的朋友出发了。
在凛凛的黎明（他们说），
现在他住在一座绿色森林教堂里。
我的朋友死了。我的朋友不会回来了。

我的朋友说（我在听），
我要去找属于我的那颗星。他去了，
再没回来。我的朋友（他们说）
现在他像那颗星一样高。

而我更老了，真的。我的朋友死了。
现在，朋友这个词是悲伤的村落
这些被别离光顾的车站
没有灯光（只有泪水流着泪水）。

我的朋友向夜空出发了，
在这绿色的大地上，悲伤在提琴里呜咽，
黑夜的新娘走来。
他再也不会回来了。（他死了，为什么？）

词语

词语，多少次被追捕；
词语，多少次被践踏；
因为不会下跪歌唱，
因为受伤也不会投降。

词语，多少次遭到禁止，
就算这样，仅存的宝剑
折断了，仍可战斗；
战败了，仍是胜者。

我曾因词语身陷囹圄，
有人妄图用卡蒙斯的语言把人奴役。
我用词语歌唱，我在词语里活着。

倘若有人夺走一切，我们还有你：
我们昂首站立在词语里。
没有比这更伟大的荣耀。

歌声与武器

我歌唱武器与人民，
石头与金属，
还有变化万千的双手，
是它们带来改变。
我歌唱船桨与镰刀，歌唱象征。
我的血液是一把六弦琴，
由时代弹奏。

我歌唱武器与双手。
还有那些词语，
它们曾是沙粒、暴风雨，瞬息。我歌唱爱。
还有记忆里的
肉桂与康乃馨。
还有来自另一双手的温热：
大地与星辰。
还有悲伤与聚会。
血与泪。

歌唱葡萄酒：纯粹的燃烧。
还有旅途：
航海，农耕，
工业——这场战役。
请把我找寻，在武器里，
燧石里，泥土里。

石：这是我的名字。
它写在风里。

我歌唱煤炭与灰烬，
歌唱岩洞中不熄的篝火上方
被炙烤的
羚羊和鱼。
还有披在人皮上的
虎皮。我的脸：
刻在岩石上。
请把我找寻，在化石里，
在煤炭里。我的脸是灰烬，
也是春天。

我歌唱武器和人民。
因为我的部落告诉我：
把火留住。
词语的青铜，
就是我的武器。
我的名字是箭矢。
在飞鸟中消失。
巢从何处筑起，
我的歌声就从何处开始。
时间的牧羊人是我的手指。

狩取不可能之物的猎人。
我歌唱变化万千的手指，
是它们带来改变。
我歌唱麦哲伦
那双航行的手。
还有加加林
那双飞翔的手。

请把我找寻，在大海里。
请把我找寻，在太空里。
我在大地中央。
我的名字是灰烬。
飞散在风中。
我是养料，是酝酿，是森林。
我是武器的银光。

我歌唱武器与这个时代。
我的武器，我的时代。
我手无寸铁，
问花，问风：
你可曾见过我的祖国？
我的祖国在词语里。
因为我的部落告诉我：
你会把火留住。
这把剑，这支歌，
就是我的武器。

里斯本谣曲

你在每个街角离去
我在每个街角看见你
是这座城市把你的名字
写在了码头
在这座城市我描画你的肖像
用太阳和特茹河

三桅帆带走了你
三桅帆丢失了你
在你缺席的早晨你抵达此地

你离我那么近，又那么远
你属于今天的昨日。

这是你存在的城市
就像一个不归人
寄托于我内心如此之深
以至于从未有谁可以替代
每日你都在归来
每日你都在离去

你在每条街逃离我
我在每条街都看见你
自旅行归来

你太阳和特茹河的脸庞
写满了病患
这是你居留的城市，
仿若一个过客。

有时我问，是否……
有时我问，是谁……
这是你存在的城市
你和一个从未抵达的人生活在一起
你离我那么远，又那么近
但从未有谁把你替代

为国歌作词

只要喉咙没有打结就可以发声。
只要没有禁止就可以去爱。
只要不是逃离就可以奔跑。
如果你想歌唱，就不要害怕：唱吧！

可以前行而不用低头。
可以生存而不用匍匐。
你长有双眼是为了仰视星空。
如果你想说不，那就和我一起高喊：不！

可以换一种方式生活。
可以将双手变成武器。
可以爱，可以有面包。
可以挺着胸膛去生活。

不要让自己枯萎，不要屈从驯服。
可以生活而无需假装活着。
可以做一个人：男人或者女人；
可以自由自由自由地生活！

在千年古树的绿荫下

许多年已经过去了，没有过去的是
那不可重复的唯一时刻
身体里的碎片发出的细若游丝之声
金属弹射的刺耳回音
火药、血液与泥土混杂的气味
葡萄牙最后一次旅程所弥漫的死亡气息
这些都没有过去。

在千年古树的绿荫下，我听见鼓声阵阵
听见狮子吼叫，子弹嗖嗖飞过
我听见灌木喧哗，矿山沉默
听见吉普车在林间小道行驶
一辆没有方向的吉普车
进行着葡萄牙最后的旅程。

我看见树林燃烧的强光，我闻到恐惧的气息
听见毒蛇嘶嘶的声音，看见美洲豹一闪而过
看见夜晚的安哥拉野牛有如城市的灯火[1]
看见伤口在股骨的空洞中无法愈合
这一切都发生在黑暗树林里一个无名之地
发生在葡萄牙最后的旅程之中。

1 牛的眼睛在夜晚会发光。

时间高傲而又脆弱

生命悬在死亡的边缘

夏天的爱情，战时的爱情，失去的爱情

一处内伤，如水晶叮叮作响

许多年已经过去了，没有改变的是人性

我结束了葡萄牙最后的旅程。

终页

我要放下这本书了。再见。
我曾住过这无尽的街道。
再见了，我的街区，白色的纸页，
我曾在这里死去，又几次重生。

再见了词语，火车；
再见了，船。而你，我的同胞，
我不向你道别。我与你同行。
再见了我的街区，诗句与风。

我不再重回南邦贡戈，
我的爱人，你在那里什么都没有看见。
再见了，战场上的同志们。
我走了，却带不走你，士兵佩德罗。

你，四月之国的姑娘，
随我而来。请你不要忘记
春天。我们一起把春天
放回四月之国。

书：我的汗我的血
我将你放在祖国之上。
把提琴夹在腋下，
然后翻过这一页。再见。

Image

影像

海洋 A.M 作品：贪心狗

海洋 A.M 作品：贪心狗

《贪心狗·新月诗人》NFT

《贪心狗》系列 NFT 作品缘起于 2021 年末，每一个贪心狗的形象是一种职业身份，也是一部分社会人群和各人的倒影。人的外在不是被自己所装扮的，而是被自己想要的社会角色和社会身份所推动去装扮的。

——海洋 A.M

《贪心狗·灵魂使者》NFT

《贪心狗·战神传说》NFT

《贪心狗·教皇》NFT

《贪心狗·图腾》NFT

《贪心狗·永恒的国度》NFT

《贪心狗 · 电音王子》NFT

《贪心狗 · 锦衣卫》NFT

Poetics

诗学

《诗》百年：杂志与战争

——历史性回望诗歌在战争年代的角色

阿比盖尔·德伊奇（Abigail Deutsch）______ 撰文　　魏琛璐 ______ 译

战争诗要求我们思考一个更宏大的问题：诗歌是为了什么？为了见证现实，还是创造美丽，又或引起改变，还是以上皆有？

诗人应该如何回应战争？第一次世界大战伊始，适逢德军 U 型潜艇蜂拥至大西洋，欧洲陆战愈演愈烈之际，威廉·巴特勒·叶芝（William Butler Yeats）在诗歌《答作一首战争诗》（1915 年）中道出了上述辩题的一方观点：

在战争年代，我看诗人
还是少说为妙，毕竟
我们天生不善纠正政客；
诗人哪缺打交道的对象
要应付年少慵懒的姑娘，
或是安慰冬夜里的老人。

然而，即便是这种反对政治煽动的主张，也免不了要呼吁某种集体回应，只不过是沉默的回应罢了。而短短一年之后，叶芝本人创作了诗歌《复活节，1916》（“Easter, 1916”），该诗未尝不是“纠正政客”的尝试。

谈及自身在战争时期的角色，诗人向来各执一词。借辑录与战争相关的诗文，

《诗》(*Poetry*)记录了这些相互碰撞的声音。《诗》办刊百年间，有些编辑积极征集战争诗稿，而有些则断然拒绝这样做。有些作家大量投稿以资战争诗创作，而有些则非难那些试图赋予战争诗力量或意义的工作者。《诗》对战争诗的流变态度既揭示了诗人面临"以诗议政"号召时陷入的两难困境，也折射出20世纪诗歌与政治之间不断流变的关系。

哈丽特·门罗(Harriet Monroe)在1911年，也就是第一次世界大战前夕，为《诗》的创办奠定了基础。雪莱(Shelley)曾宣称，诗人是"世上未被承认的立法者"，门罗由此出发，对诗人"纠正政客"的能力颇有信心，以至于将政客犯错归咎到诗人头上：

> 战争最根本、最核心的心理成因究竟是什么？答案是，人们感觉战争是美丽的。那么，又是谁制造出这种感觉的呢？诚然，部分责任在于国王及其"打着旗帜的军队"；但更主要的是写下磅礴战歌和恢弘史诗的诗人，以及凿刻雄伟雕像的雕塑家——这些受召而行的艺术形式受国王的指令摆布，从战役当中汲取创作灵感。对战争的美好幻想仍萦绕在人们心头，它根植于古老的野蛮天性——嗜权、嗜虐、嗜血和嗜赌。上述情感成于幻想，也注定终于幻想。这便是诗人的职责所在。

上段文字摘自门罗所写的一篇名为《战争诗歌》("The Poetry of War")的社论，刊登于1914年9月的《诗》中。这是《诗》发行的首期战争特刊，往后数十年间还发行过很多期。杂志平日里也会征集战争诗，无论这一工作多么令人心感挫败。1917年，门罗如是打趣道："神奇的磁铁需要从一堆东西中挑选出极少的纯金属，纯金属本就不多，还总从不知名的地方得来。"

编辑对战争的兴趣经久不衰，部分原因在于战争与其个人经历有关。据纽伯里图书馆肖尔中心的主管莉塞尔·奥尔森(Liesl Olson)称，门罗的数位亲友和曾经的同事都为驻法盟军工作，时常与她分享见闻。1914年，鲁珀特·布鲁克(Rupert Brooke)来到芝加哥，门罗便邀请他来家中做客。1915年，听闻布鲁克逝世，门罗写道："他是成百上千万骄傲青年中的典型人物，他们奔赴战场，高歌至死。他们是宏大博弈中的无名小卒，从未怀疑他们投身的事业。"

然而，首期战争特刊却并非门罗的主意。彼时，她刚结束在科罗拉多的露营，发现副编辑爱丽丝·科尔宾·亨德森（Alice Corbin Henderson）已在筹办一场比赛，欲选出“基于当下欧洲形势所作”的最佳诗歌。纵然遭遇强烈反对，门罗依然推进着比赛。1914 年 9 月 15 日，该杂志的“欧洲通讯员”埃兹拉·庞德（Ezra Pound）送给她这样一段话：“得知你和‘战争诗歌奖’毫无关系，我真的很开心。整整两年，我都致力于证明诗歌是门艺术，而如今杂志竟摆出这副高中生式的愚蠢模样，未免令人丧气……”

愚蠢的后果是什么？738 份投稿。编辑们从中择优挑选，其中包括理查德·奥尔丁顿（Richard Aldington）的《战场的喧嚷》（“War Yawp”），以及艾米·洛厄尔（Amy Lowell）的《轰炸》（“The Bombardment”）。《轰炸》一诗凭借叠句“砰！”震撼读者的内心世界。当代读者或许会觉得这样的作品言过其实，D.H. 劳伦斯（D. H. Lawrence）也写下了自己的批评：“这令我如此愤怒，艾米怎敢妄谈波西米亚玻璃和簇簇火焰？……我恨，我恨，我恨，恨撰稿人的油嘴滑舌，傲慢不逊。”巧舌也好，不敬也罢，撰稿人都紧扣一个严肃的话题，即战争的可怖，凭此与编辑的个人情感形成共鸣。

喧嚷的责难攻讦中，却也有一曲恬静的凯歌：《阶段》（“Phases”）是华莱士·史蒂文斯（Wallace Stevens）在《诗》上发表了的第一首诗。与门罗的心愿相合，这首诗力图将战争的“华服褪下”。史蒂文斯这样描述一战：“并非 / 阿伽门农的故事，/ 只有，泥泞中的一只眼球，/ 和霍普金斯，/ 扁平，苍白，血流不止！”而诗中最精妙的部分越过了不幸的士兵霍普金斯：

> 但在夜晚，军号
> 是载我们抵达安逸
> 的翅膀
>
> 烛光曼舞，
> 蜿蜒
> 穿过我们沉重的梦境；

阵风吹拂
折曲的鸢尾花在此生长；

极乐鸟也有不幸之时，
在夜的深渊里歌唱；

结着黄色果实的藤蔓，
垂落
沿着
地狱的边墙。

写下"扁平"，"苍白"的霍普金斯后，史蒂文斯又将光和轻盈呈现给读者——蜡烛和翅膀，曼舞与风，也将士兵的眼球温和地化作鸢尾花。通过模仿与描述细微动作，也凭借多变的格律与句长，诗歌自构了"轻盈的环"，诗意从中跳跃并循环。而后，诗"垂落"，由梦境的伊甸园坠落至地面。

除了诗歌，编辑还刊登了由前线友人与作家寄来的书信。一位美国士兵在信件里提到《霍利克斯》（"CORIKOS"，作者是理查德·奥尔丁顿，发表于战争爆发前两年）对自己的影响。门罗在 1918 年 4 月刊中刊登了这封来信：

> 沿着夜晚的街道，有些诗与我一同战栗，如奥尔丁顿的《霍利克斯》。炮弹爆炸，伤痛或苦楚骤然而至，死亡近在咫尺——这些沉重打击毫无预兆地降临，恐惧随之而来，是诗歌那醒目的美将我拯救。
>
> 令我印象尤为深刻的是，一天拂晓，光线闷沉，我看见一位法国兵静静地躺在路边。如果奥尔丁顿对死亡的召唤没有在我的脑海中吟唱，我想，我会因为这个意外，这场悲剧而感到头晕目眩。

门罗写道："这样的信比任何评论都更加鲜明地证明了诗人工作的价值。"奥尔丁顿也阐发了相似的观点。或许是在回应这封信，1918 年 6 月，他写给门罗："我还是首次遇见这样的文字，实打实地为我的作品正名。"

尽管杂志办得很成功，但却并未完全摆脱战争诗常有的歇斯底里和陈词滥调（其他诗歌也难幸免）。经常审校战争诗的编辑能明显察觉到，战壕里传来了陈腐的诗句。爱丽丝·科尔宾·亨德森懊悔地写道："蹩脚的战争诗层出不穷，但这并非战争本身的错，就像爱不该为以爱之名创作的轻率诗句负责一样。"（值得注意的是，她将这篇写于1918年的评论命名为《又是战争诗》。）

休战后，纵使困难重重，编辑仍竭力寻找充满力量的原创战争诗。1928年，他们的"神奇磁铁"吸引到了杰西·圣约翰（Jessie St. John）的冷峻挽歌。在《战争新娘》（"A War Bride"）中，她用极为写实而现代主义的语言，描绘了经久不消的战后余波：

我今天该做什么
来消磨这些时间？
只那么一小会儿
就洗好了杯盘。

邻居或许会跑来
消磨时光——
但闲聊已尽
哪有别的话可讲？

我可以出去走走
像个愚蠢的新娘——
可如果他爱的狗
在我身边奔走彷徨？

这首诗掷出一系列没有答案的问题，以有言展现无言，连邻里间谈话的破折号也暗示了某种沉默。简单而重复的语言，如："今天"（today）和"时光"（day），"聊"（said）和"讲"（say），"跑"（run）和"奔"（ran），暗示着讲述者极易预知、重复循环的生活，如计时器、钟表般规律运动着。诗歌的心理活动为其自身增添了某种独特的吸引力。从讲述者生活中消失的男人在诗歌里也几乎消失，仅在最后一节被间接提及，被象征着讲述者的“狗”苦苦寻觅。于无言中，诗歌酝酿出一句哀叹：“哪有别的话可讲？”

※

20 世纪 40 年代，《诗》编辑所秉持的态度也许更会被 1915 年的叶芝认可。与爱丽丝·科尔宾·亨德森不同，他们不再向任何作家征求战争诗。他们在 1943 年 8 月发行的战争特刊的结语部分写道：“筹划和编撰这期杂志并未多花什么力气。我们只是从档案里找到些军人写的诗歌，并把它们编在一起，仅此而已。”

读者往往认为战争能催生好诗，在一篇引人注目的文章中，编辑解释了个中原因：一是因为“尽管人们反对战争，但仍对战争怀有根深蒂固的浪漫主义”；二是“人们浸淫在新闻报道中”，进而笃信诗人不过是受感召的记者，能在顷刻间写出一首十四行诗。编辑同时也指出了这种期望的谬误：“生命的经纬是如此盘根错节，艺术创作的质料又是如此纷繁复杂，因此我们无法期待战争能突然令诗人‘妙手偶得’，写出‘应景’的诗歌……一个人走过多少载岁月沧桑，所有的风霜雨雪都浓缩进一瞬，凝成一首诗。”

但上述态度并未阻止他们发表由苏格兰批评家大卫·戴希斯（David Daiches）所写的煽动性文章。和门罗一样，大卫·戴希斯同样强调诗歌影响政治的潜力。但是，如果说门罗鼓励诗人褪去战争的华服，戴希斯则认为诗人应该用最好的礼服装扮战争。他在《诗人与战争》（“Poets and the War”）一文中如是写道：“当代艺术家必须做一名宣传者，这样才算得上正直。”对戴希斯而言，战时的诗歌和铆钉一样，实用且对国家有益。他颇为认同一群英国作家的话：“两年的战争经历告诉作家，他们的职责是为当下的战事写部好书。”戴希斯还说道：

> 通过在战时创作诗歌，诗人展现着我们所守护的文明的活力；诗人的创作确保文明生机蓬勃，士气旺盛，效力倍增……因此，诗人不必担心，战时的艺术创作并

非逃避责任，更不会辜负祖国的期望。恰恰相反，用诗歌来履行职责是再好不过了。

与此同时，《诗》人员或奔赴外国，或留驻国内，或激昂文字，或亲临现场，以各种方式履行其爱国责任。在 1943 年 8 月的战争特刊中，编辑写道："我们出版这期刊物是出于强烈热情，我们要经久不衰地为那些工作、战斗的人们鼓与呼，无论他们身在何方。"到访《诗》编辑部的士兵诗人们被热情招待，享受惬意时光。编辑乔治·狄龙（George Dillon）投身非洲战场，他在自己的"埃菲尔铁塔"广播站里宣布了巴黎的解放。在休假期间，狄龙收集了许多法国诗人的诗作，并利用"在吉普车内等待"［他给彼得·德·弗里斯（Peter De Vries）的信里如是写道］的时间将其翻译。1945 年 10 月，杂志将狄龙翻译的诗作汇编在专为"法国被占领与抵抗时期的诗人"所发行的特刊中。德·弗里斯本人曾在 1943 年被征召入伍，但由于健康状况不佳，他从未上过前线。但他从容地接受了挫折，写道："我能坦然面对这一事实——我想少一个瘦弱、喉咙嘶哑的士兵，少一个在阿肯色州的阴冷黎明踉跄抽噎的士兵，并不会给盟军事业带来巨大冲击。"1949 年，德·弗里斯的工作由曾在意大利作战的海登·卡鲁斯（Hayden Carruth）短暂接手。1950 年 3 月，卡尔·夏皮罗（Karl Shapiro）接过了诗歌编辑的重任，他曾因战争诗集《V-Letter》获得 1945 年普利策奖。

在战争进行期间，兰登尔·贾雷尔（Randall Jarrell）写就了幽灵般的复调诗歌；他如同一块显灵版，死去的市民和士兵似乎都在借此发声。在《丢失》（"Losses"）一诗中，诗人仿拟着死因不一、时空各异的逝者，对训练和作战过程进行了描述。那些经历了死亡的逝者向我们讲述，"我们活得够久，他们便给我们发些勋章；/ 当我们死去，他们便说：'我们的伤亡很少。'"在《来到墓碑前……》（"Come to the Stone…"）中，一个孩子哀求说："来到墓碑前，告诉我，我为何死去。"《炮手》（"Gunner"）中的讲述者说道："死去是多么容易啊！"

那些轻易死去的人，即便活着，也不被关注。在一首给人留下深刻印象的诗中，贾雷尔威胁说自己对诗中角色已失去了兴趣：

……拥挤的房间里，你的脸颊抵着
你妻子瘦弱的手肘摩挲，像匹幼马。

但和你一样的，数以百万。
我又怎么特别在乎你，挑出你
从其他人所爱的
为他们赴死的其他人里?

诗中的收信人是“病中的零”。诚然，他一无所有，活着却如同死去——是贾雷尔笔下其他人物的反面。一些人或者却如同死去，一些人死去却仿佛活着。生与死，在战场上，在贾雷尔的诗中，竟如此含混与邻近，令人心悸。

《诗》也时常收到约翰·查尔迪（John Ciardi）写的战争诗，和贾雷尔类似，其作品整体读起来像一部战时日记。而他为战争写下的最为宏伟的诗篇——《悼堆满尸骨的洞穴》（“Elegy for a Cave Full of Bones”）——问世于1988年，距战火纷飞的年代已过去近四十年。全诗有如一首葬礼进行曲，踏着每行四拍的步点向前迈进：“腔骨、跗骨、头骨和胫骨 / 骨头迸出枪弹射入。”《暴风雨》中爱丽儿的“海水的变幻 / 化为瑰宝，丰沛而奇异”被诗人苦涩地改写，“海洋与天气的腌渍 / 撕裂的血肉化为皮革”。

死亡终是碎片
褶皱在褶皱的海面：
毯子，盒了，皮带，骨头，
还有，礁石上的凝块。

《诗》也囊括了许多奋斗在后方战线的诗人，其中许多都是女性。不少作家，如穆里尔·鲁凯泽（Muriel Rukeyser）和夏娃·梅里亚姆（Eve Merriam），深刻地思考了战争与冲突；约瑟芬·迈尔斯（Josephine Miles）的多首诗作也被杂志收录。《广告》（“ad”）便是其中一首，其篇幅与标题一样简短，却引人不安地指出，读者是战争的同谋者：

《哈泼氏》及许多杂志里都有
一个死去的士兵，流着血，胡须未剃。
滞重的尸体还残留着弹片，与可能的疼痛
他已击中纸上的避风港。

那里不能安歇。他于数月前死在那里
数桩争辩。
和在战壕里一样，在内封里等待，
是否埋葬，我们犹豫不决。

因为《诗》和《哈泼氏》一样都是杂志，迈尔斯断言我们同样漠而视之，将自己置身事外。从期刊所营造的“避风港”里望去，士兵的苦痛似乎并不确凿，而仅仅是某种“可能”。翻开杂志，出现在我们眼前的书脊无外乎是一道战壕，甚至是一座坟墓；每次合上杂志，我们便会将士兵活埋。就这样，迈尔斯将我们的广告、文章、论点与其后果联系起来：后方的辩论决定了美国前线士兵的生死。我们理应犹豫不决。

※

越战时期，《诗》对战争的态度又发生了转变。在尼克松下令封锁北越的航运之后，1972 年 5 月，达里尔·海恩（Daryl Hine）开始筹措新一期战争特辑。据《字里行间：书信中的诗歌史》（*Between the Lines: A History of Poetry in Letters*）中的记载，海恩认为此举“或许于事无补，却代表了一种姿态——对新一轮杀戮的厌恶，对新‘策略’的反对”。他效仿第一次世界大战之初亨德森的方法，给 200 名潜在的投稿人致信征稿：

兹因中印两国不宣而战，且有愈演愈烈之势，拟定战争特辑之出版事宜。若有诗文主题相关，内容相符，还望不吝赐稿。请速回复为盼。

吾固非美国公民，然此亦非美国问题，而有全球意义。

诗歌与生死息息相关。

这种激进情绪与门罗、戴希斯，及亨德森的思想相呼应，促成了一期奇怪的特辑，其收录的散文似乎经常与诗歌意见相左，剑拔弩张。海恩刊登了大量回信，很多人不吝赞美。威廉·梅瑞迪斯（William Meredith）写道："天知道我多么同意你的想法。"而 W.S. 默温（W. S. Merwin）表示："我和你一样深有此感（如你预想的那样）。"然而，也有不同的声音，海恩的前辈，编辑兼诗人埃莉诺·罗斯·泰勒（Eleanor Ross Taylor）便说道："这些诗标志着一种堕落；它们如新闻报道般肤浅浮躁，全然不见《诗》杂志崇高的基调。"另一些人则更进一步，质疑诗歌是否具有促成改变的力量。诗人迈克尔·汉伯格（Michael Hamburger）写道："近年来，我开始觉得抗议诗其体裁本身是可疑的，或者说是有问题的——因为抗议诗想影响的群体并不会读抗议诗，因为抗议需要采取行动，哪怕不采取行动，至少也要用更清晰的散文表达抗议。"切斯特·卡尔曼（Chester Kallman）也表达了类似的担忧，相较于写一首诗，我们要"呼吁、游行或做该做的事"。诗人巴兹尔·邦廷（Basil Bunting）回信拒绝了约稿请求，言辞辛辣，一如往常：

没有一个人会关心我或任何其他诗人对战争、尼克松、华莱士、大麻、毒品、漏油、洗涤剂广告或"加里雾"的看法。我们专精的是元音和辅音的排列模式，每次我们大喊大叫，都会令更多人直翻白眼。我们有权发出声音，但也只是与其他任何有投票权的人发出相同的声音，仅此而已。要求更多是傲慢的。

因此我不会给你们的特辑投稿。

其实，上述针锋相对的意见反映出了写作中难以调和的冲动。也正是这种冲动驱使叶芝在短短两年里相继写下《答作一首战争诗》、《复活节，1916》这两首态度迥异的诗。几十年来，诗人与编辑一直取舍周旋于种种冲动之中。当从回信中也不难看出，诗歌在美国人心中的地位逐渐降低。雪莱曾坚信，诗歌具有非凡的政治力量，却不会诱发叛乱。如今，鲜有编辑抱持着这样的信念了。

有悖于海恩的设想，特辑中的散文更有趣，而诗歌却相形见绌，松散陈旧。丹妮斯·莱维托芙（Denise Levertov）的诗歌被特辑收录。她后来又在《诗》上发表了多首反战诗，包括《距离》（“The Distance”）和《战争中的生活》（“Life at War”）。对政治诗歌的一腔热忱割裂了她的个人生活，这种窘境也常是战争诗人无可躲避的宿命。在《技巧与良心》（“Craft vs. Conscience”）一文中，诗人评论家安格·姆林科（Ange Mlinko）写道，莱维托芙所写的战争诗破坏了她和她的导师乔治·欧佩（George Oppen）和朋友罗伯特·邓肯（Robert Duncan）之间的关系，后者指责莱维托芙的诗满是说教：“诗人的任务并非反对恶，而是想象恶。”

越战特辑中，一些诗歌做到了这点。乔瑟芬·雅克布森（Josephine Jacobsen）的《溪山之鬼》（“Ghosts at Khe Son”）字里行间充斥着战争的喧嚣，印第安原住民的血泪史也从中时隐时现，相互激荡。梅·斯文森（May Swenson）在描绘 7 月 4 日（美国国庆日）焰火表演的文字中焊接了战争时期的用语，控诉了美国穷兵黩武的倾向。然而，那个年代最优秀的战争诗并没有收录在这本特辑里——好诗从来都是妙手偶得，而非命题写作。1966 年，乔治·史塔巴克（George Starbuck）创作了《最近》（“Of Late”），诗作锋利异常，节奏鲜明：

> “斯蒂芬·史密斯，爱荷华大学大二学生，烧毁了，据他说是他的征兵证。”
> 诺曼·莫里森，贵格会教徒，马里兰州巴尔的摩人，烧毁了，据他说是他自己。
> 你，罗伯特·麦克纳马拉，烧毁了，据你说是悍匪的老巢。
> 没有哪家新闻媒体会颇费周章，把它放进引号里。
> 并且，诺曼·莫里森，贵格会教徒，马里兰州巴尔的摩人，烧毁了，据他说是他自己。

诗歌中对引号的批判直指越战期间，美国式话语的失败。仿佛是为了对垒媒体针对斯蒂芬·史密斯反战举动的攻讦，史塔巴克在诗中四次提到诺曼·莫里森之死，反复强调这一事实，令其如抗议或请愿般深入人心。

※

越战之后,《诗》仍坚持辑录战争题材的诗歌。2011 年，斯蒂芬·叶瑟（Stephen Yenser）发表了《讽刺诗：爱默生的生日》（“Hija for Emerson's Birthday”），全诗矛头直指时任总统乔治·华盛顿·布什（George W. Bush）致辞中的一句话，“我很荣幸能和一位勇敢的、被萨达姆·侯赛因砍掉了双手的伊拉克公民握手。”题目中的“讽刺诗”（hija）是阿拉伯诗歌中的一种体裁，以辛辣凶狠著称，叶瑟借此讲述了一则苦涩的笑话，抨击布什两次三番提及“手”的失礼之举。

身处前线的诗人积极投稿已成传统。最近，诗人兼新闻记者伊丽莎·格里斯沃尔德（Eliza Griswold）也加入了进来，贡献了一篇横跨多体裁，令人难忘的作品《人皆移民》（“Everyone Is an Immigrant”）。作品将诗歌与报告文学两种体裁紧密结合，描述了非洲难民流入兰佩杜萨岛的情形。文中，格里斯沃尔德询问一位名叫路西法罗（Luciforo）的男人：“可曾有一幕令你终生难忘？”男人回答道：“一天夜里，我看到母亲将她们的婴孩扔进海里。他们浮在海面，像一个个软木塞。”

《诗》也刊登了不少思虑周全、颇有见地的文章，探讨诗人在公共领域所扮演的角色，如大卫·奥尔（David Orr）的《诗的政治学》（“The Politics of Poetry”），以及大卫·比斯皮尔（David Biespiel）的《这片土地属于我们》（“This Land Is Our Land”）。在文章中，比斯皮尔如是发问：

> 莫非当代诗歌的自洽性和当代诗人的“文化受害者”身份相互交织，竟成气候，以至于当代诗人纷纷逃避其解决国民性或政治性难题的责任？我们是否已经无法指望当代诗人离开诗歌的飞地，谈论诗歌以外的事情，并借此尝试存续美国诗歌，乃至美国民主？

比斯皮尔呼吁诗人参与公民生活，这也是杂志的一大传统，可以追溯至哈丽特·门罗。不过，他所呼吁的与先前的主张有所不同。和许多断然拒绝海恩之邀的投稿人一样，他认为诗歌本身并非通向政治的路径，诗人须“离开诗歌的飞地”，去成就对整个世界有意义的事情。

正如诗歌本身，解读的角度往往决定了比斯皮尔的观点正确与否。诗人的能力是否如门罗所说，足以煽动战争，抑或反之，足以促成和平？假如当真如此，阻止战事是诗人——像门罗和海恩主张的那样——必须履行的职责吗？还是像戴希斯所说，诗人必须致力于爱国主义宣传？随着时间流逝，诗歌所蕴含的反抗力量是否日渐衰微？

战争诗要求我们思考一个更宏大的问题：诗歌是为了什么？为了见证现实，还是创造美丽，又或引起改变，还是以上皆有？亨德森、海恩等编辑通过征集战争诗，揭示了战争诗的效用。第二次世界大战时期的编辑则反其道而行之，拒绝征集战争诗，只在战事结束后将抵抗时期的诗歌结集发表。从史蒂文斯到史塔巴克，《诗》中最为扣人心弦的战争作品，其共有特征并非激烈的争论，而是高远的艺术性。见证死亡的言语超越时代，仍未死去。

Essay

随笔

加利福尼亚的事件

乔治·奥威尔：他把政治写作当成一门艺术

加利福尼亚的事件

切斯瓦夫·米沃什（Czesław Miłosz）______撰文　　胡　桑______译

一些无可名状的东西与他头脑中被破坏的思想体系有关，迄今为止，给他奖赏，不是为了让他获得思想体系，而是不让他拥有任何思想体系。

“谁知道呢，也许这块大陆并非注定属于白人，也许还是丢下它比较好。”一个欧洲朋友对我说。我会同意他在这些山脉与沙漠中推测出复仇恶魔的强大存在，只有印第安人清楚如何与这些恶魔保持联盟关系。但在加利福尼亚，这些恶魔甚至对于印第安人似乎也没有表现出良好的意愿，而只允许自己被安抚，因为印第安人依然停留在文明的最低水平，没有农耕，或者不使用金属。我也总是困惑，为什么白人绕开加利福尼亚这么久，虽然关于加利福尼亚的信息通过水手的记述早已到达白人那里。但毕竟，那都是些不利的传闻：雾海，焦干的悬崖，难以穿越的森林，多刺的灌木丛。无人能预见柑橘和橙子的种植园，人工灌溉的耕作谷地，生产飞机和用于星际旅行的火箭的工厂。在加利福尼亚，没有纪年的千年世代流逝着，不曾留下任何其他痕迹，除了黏土中发现的燧石箭头，这样的史前史撞上了 19 世纪——不是革命者和诗人的 19 世纪，而是另一个更粗糙的 19 世纪，每个人拥有欲求黄金的同等权利。

但是，有过一个短暂的插曲。令人怀疑的是，一个伟大的人类社会组织计划是否可以从圣方济各[1]的教诲中推断出来，但是一名方济会士，出生在马略卡的朱尼帕洛·塞拉（Junípero Serra）神父，相信他忠实于他的秩序的赞助者。当他 1769 年骑在驴背上从墨西哥向北启程，并不渴望增加自己的财富或荣誉；他不可能关心西班牙王室的利益，虽然西班牙担心俄罗斯人侵犯其名义上的财产，派了一个师的士兵陪伴他。朱尼帕洛想要拯救那些从未接触过福音的人的灵魂。他对自己和助手要求苛刻，他的终极目标可能不是想要人们像彻底接受那位来自阿西西的圣徒那样接受自己，但这来源于一个深思熟虑的计划，这个计划考虑到了人性的脆弱，特别是印第安人的幼稚心态，而他要负责救赎这些印第安人。他让他们受洗，教会他们耕地和手工制作，期待他们保持对贪财的无动于衷。所以他们一起翻耕土地，把劳动的果实存放在公共仓库里，每个家庭按需从仓库中获取自己的那一部分。礼仪与服饰显得得体，严格地执行一夫一妻制，参加宗教仪式并服从上司，这些都是强制性的，通过对最轻微的不服从施行鞭打来强制推行。他们的世俗生活方式被制定出来，他们可以期待度过创造者分配给他们的多年岁月，不存在什么巨大的奢望。如果他们服侍于神的荣耀，艺术也不会受到忽视，更多才华横溢的人将在雕塑和绘画上得到训练；他们工作的范型就是圣巴巴拉的使命教堂[2]的内部装饰，那里的西班牙僧侣大理石人像的仿制品是印第安艺术家用木头砍斫而成的。

卡梅尔教堂[3]中朱尼帕洛神父的小房间保持着原状；他在铁十字架下的狭窄的临时床榻构成了一幅感人的景象——不会大于一张餐桌，在那里他每晚让自己只睡几个小时，毫无疑问，他不得不因此忍受这副躯体。下一个房间是图书室，在那些金色书脊的卷册中，我发现了更多，它们诱人去静默冥想。虽然塞拉来自当时正在阅读伏尔泰的欧洲，他徘徊在图书室里，却对这类不虔诚的、稍纵即逝的新奇事物漠不关心。在神学论文的帮助下，他打算组织自己所统辖的小社会，使它与由上帝建立的永恒不变的秩序联系起来。但是，他的事业的失败已经在他蔑视的领域中有

1 圣济各（St. Francis），1182 年生于意大利阿西西（Assisi），卒于 1226 年 10 月 3 日。方济会（又称“小兄弟会”）的开创者。旧金山（San Francisco）的城市名字即来源于此。

2 圣巴巴拉的使命教堂（Mission Church at Santa Barbara），位于加利福尼亚州的圣巴巴拉，朱尼帕洛·塞拉神父沿着国王大道（El Camino Real）从北到南盖的二十一座教堂之一，1786 年 12 月 4 日建成。

3 卡梅尔教堂（Carmel Mission），位于加利福尼亚州，由朱尼帕洛·塞拉神父建于 1771 年。塞拉安眠于此。

所萌芽，那个属于运动、照亮心灵的口号和斗争的领域。欧洲受到一种进步的感染，不是出于墨西哥的大地主的喜好，加利福尼亚是其最偏远的省份。[1]在教会（最伟大的土地所有者）的帮助下，1821 年，他们反叛西班牙国王，宣布独立；迄于那时，有关异常肥沃的教区公共农场的消息早已流传于他们口中。于是他们立刻攫取了农场，他们之间为农场而争吵不休，把少量没有逃走的温顺的印第安人变成农场劳工。这个伟大的计划化为了泡影，幸运的是，朱尼帕洛神父那时已安眠在卡梅尔教堂庭院的坟墓里二十多年了。他留下了十几座奇怪的教会建筑，它们由石头和未烧制的砖建成，一条连接南北的道路——国王大道，El Camino Real——以及他取的海湾边小村的名字，一些探险记录最初提到过它，叫作耶巴布埃纳（Yerba Buena）。在基督徒指出身体的固有猥亵之前，该地区的居民都在裸身行走，并以自己的方式对付冰冷的海雾带来的麻烦——晚上他们在身上涂抹泥巴，这些泥巴会在白天的暑热中剥落。在后来成为旧金山城的地方，裸露自身的冲动是忠诚于这些精神的唯一标志；除此之外，这座城市丝毫也不关心自身的任何遗产，更不用说自愿贫困的训诫。

承担一个计划（project），正如这个词的词源所表明的，意味着在自己面前提出一个想法，于是它获得了自主，它的实现不仅需要经过发起者的努力，而且事实上独立于发起者。也许每个关于人类社会的计划，都包含着为了那些活在我们身后的人的利益的自我牺牲因素。然而，加利福尼亚的胜利是粗糙的胃口带来的结果，自我的胆怯傲慢毫不羞耻地宣称它只关心自己；在这里，老浮士德博士的梦想无迹可寻。漫步在重建后的罗斯要塞附近，这里距离俄罗斯河[2]河口不远，我试图想象曾经居住在那里的笨重的俄罗斯人在邮政指挥官的木屋里围着茶炊安栖下来（所以有别于任何美国人的东西，它是从西伯利亚带来的），或在他们矮小的木头教堂里祷告。至于他们的外交，俄罗斯人并未对印第安人发动战争——这些印第安人的领土开始越过栅栏，或试图改变他们，或是选择与他们进行贸易，但他们在海岸边排布的大炮表明，计划的大纲存在于他们的头脑中。事实上，大量的海豹，以及一种

1 1847 年前，加利福尼亚属于墨西哥，位于墨西哥最北部。

2 加利福尼亚的一条河流。

小动物，其皮毛是其中最价值连城的，即海獭，将俄罗斯人从阿拉斯加吸引到加利福尼亚；造成尚属罕见的海獭濒临灭绝，他们的船舰起了主要作用。在罗斯要塞，我沉浸于历史幻觉，问自己，如果十二月革命那天，在圣彼得堡军事阅兵场，革命军官而不是沙皇尼古拉一世成为胜利者，将会发生什么。在整个俄罗斯，唯有十二月党人似乎赞赏海外扩张的作用，且不太可能如此轻易地放弃要塞。十多年后，它被卖给那些地区最大的土地所有者，约翰·奥古斯特·苏特[1]，一位来自巴塞尔的冒险家，这次出售没有带来利润，因为运载交易资金的护航船遭到了伏击。我们可以假设，苏特是无辜的，因为缺乏截然相反的证据。

天命论（Manifest Destiny）是否可以成为一个计划，呼吁、强迫美国人走向西部，远至太平洋海岸？但是，在这个口号发明之前，他们就已在路上；着迷于原生自然，它的无尽潜力、它的许诺，他们延长着一条航线，跨越他们和故国之间的海洋。但在这里，甚至复数性也具有欺骗性，因为每个人都有着不同的形态，每个人下着自己的赌注。费尼莫尔·库柏[2]的《探路人》（*The Pathfinder*）有着内在的矛盾：探路人来到遥远的地方，远离文明的限制，进入原始世界，未命名的世界；但其他人会立即开始沿着他指示的足迹前进，他不得不一再地诅咒自己并非心甘情愿创造的东西。天命论和征服墨西哥的战争，使整个西部，包括加利福尼亚州，都落到了美国人手中，这两者因此是一个狂野冲动的结果，而不是最初形成的意图的实现。没有人将灭绝印第安人的念头作为至高的、最高贵的任务和使命强加给那些涌向西部的人。他们是受了激情的驱使；白肤、金发对黑肤、黑发的斥责是那么强烈，它将印第安人从人类的行列中排除了，一个敬畏上帝、在意子女道德的父亲自豪地杀害印第安人，确信他正在消灭地球上的害虫。许多人被杀，不只是印第安人。欧洲各民族所领悟的基督教再次于全部相对性中得以揭示。假设一个基督徒相信地狱，

1 约翰·奥古斯特·苏特（Johann Augustus Sutter，1803—1880），生于德国的瑞士人，加利福尼亚的开拓者，与淘金运动关系密切。

2 费尼莫尔·库柏，即詹姆斯·费尼莫尔·库柏（James Fenimore Cooper，1789—1851），美国作家，1803 年进入耶鲁大学学习，因违反校规被开除。1806 年起在一艘商船上当水手。1808 年起在美国海军服役三年。三十岁时开始从事文学创作。1826—1833 年去欧洲考察，曾担任过美国驻法国里昂的领事。代表作为系列长篇小说《皮袜子故事集》，包括《拓荒者》《最后一个莫希干人》《大草原》《探路人》《猎鹿人》等。

他宁愿死去，而不只是为了饕餮、酗酒、与女人睡觉，冒着灵魂受到永恒惩罚的危险，在尘世度过一段可笑的短暂时间。所以地狱的影像永远不能取代某些模糊的流行的质疑——影像属于一个正式的、非常必要的仪式，这个仪式在欢欣与畏惧中联络着共同体成员，但是与日常劳动和斗争相分离，正如儿童玩游戏时的严肃和在童话故事中感到的恐惧不会扰乱真实和伪装之间的界限。

战争——但只是针对印第安人捍卫自己的战争。对于白人而言，它们是针对罪犯的警察行为，罪犯的罪行事先已得到确证，因为他们阻碍移民在领土上自由行事，他们毫不迟疑地坚持认为这些领土不属于任何人。征服事实上发生在征服的计划之前，在征服者的热情中，他们并没有大费周章地寻找借口。加利福尼亚最后一个独立的印第安部落，莫多克（Modoc），在 1867 年已不再对任何人构成威胁。他们遭到追捕，直至一再地往高处退缩到岩石山脊，他们全都在山上洞穴要塞中带着妇女孩子一起避难。围攻接踵而至：步枪和大炮对弓箭和投石器。然而印第安人都是身手不凡的弓箭手，只是在几个月后，他们屈服于饥饿。这可以成为一首史诗的主题，但永远没有人写出来，因为那个要塞的倒塌意味着该部落及其语言的终结。

称之为妄想吧，但是在这块大陆上可以感受到恶魔的存在，其显而易见的关注点是，基督徒看到了自己的本性，并释放了他的所有残暴。一些无可名状的东西与他头脑中被破坏的思想体系有关，迄今为止，给他奖赏，不是为了让他获得思想体系，而是不让他拥有任何思想体系。尽管拥有整个法利赛主义，一个对这一切了然于心的人往往会冷漠地述说人与人之间施行的暴力。欧洲人怨尤着他们自己的战争和极权制度的恐怖，永远不能理解这一点，因为在他们的传说中，美国一直只是一个风景如画的冒险地。

乔治·奥威尔：他把政治写作当成一门艺术

蔡天新 ______ 撰文

奥威尔努力的目标不仅是他生活的年代所需要的，他留给后世的是一笔丰富多彩的精神遗产，作为一名反独裁统治、提倡实话实说的战士，他将永远活在热爱自由的人们心中。

正义是社会制度的首要价值，正如真理是思想的首要价值。

——［美］约翰·罗尔斯

1922 年是文学史上具有特殊意味的年份，那一年现代主义的代表作——詹姆斯·乔伊斯的小说《尤利西斯》和 T.S. 艾略特的长诗《荒原》在巴黎和纽约相继问世，成为划时代的文学巨著。1922 年，19 岁的英国青年乔治·奥威尔从伊顿公学毕业后，自愿赴缅甸，担任印度皇家警察的助理地区警监。后来，当他意识到英帝国的统治违反缅甸人民的意愿，深感内疚并愤而辞职。如今，历史的车轮已经驶进到 2022 年，回顾 100 年来的风云变幻，是一桩意趣盎然的事情。

一、向岁月致敬，缅甸与伊比利亚半岛

1903 年 6 月 25 日，乔治·奥威尔出生在印度比哈尔邦北部邻近尼泊尔的小镇莫蒂哈里（Motihari），原名埃里克·布莱尔，当时的莫蒂哈里还是个小村庄，属于

独立分治的孟加拉。布莱尔太太有着法兰西血统，成长于缅甸的一个柚木商人之家。布莱尔先生是鸦片管理部门的一名职员，比起加尔各答出生的另一位英国作家、小说《名利场》作者威廉・萨克雷的父亲来，地位要低一些，后者曾是东印度公司的一位官员。

小布莱尔四岁那年，随母亲回到了英国，他比萨克雷在印度少待了一年，更比孟买出生的作家、诗人约塞夫・吉卜林少待了十年。大概是这个原因，当布莱尔长大成为一名作家以后，并没有追忆他在殖民地印度的生活。直到两次世界大战期间，他参加英国广播公司（BBC）的印度报道组，才有机会与东方有了新的接触，例如，他曾多次邀请中国驻欧洲的战地记者萧乾做客并发表讲话。

1921 年，布莱尔从位于伦敦西郊温莎镇的伊顿公学毕业。这所著名的贵族学校培养了 20 多位英国首相，还有诗人雪莱、经济学家凯恩斯和多位元帅、王子等精英，剑桥大学的国王学院也因伊顿而创建。布莱尔依靠奖学金完成了学业，他的老师中有小说家奥尔都斯·赫胥黎，他的同学中最有才华的大多人剑桥或牛津深造，包括后来成为批评家的西里尔・康诺利。而布莱尔却在第二年志愿加入了英国的海外机构——驻缅甸警察部队，在那里生活了五年。

值得一提的是，康诺利后来所著的《现代主义代表作 100 种》，不仅收入了老师赫胥黎的《铭黄》和《美丽的新世界》，也把老同学奥威尔的《兽园》和《1984》列入其中。不难推测，奥威尔下决心去缅甸，除了想成为一名作家以外，还与那片土地是他母亲的故乡有关。用时下流行的一种说法，他多少怀有寻根的念头。由于孟加拉与缅甸相距并不遥远，他或许在幼年时代就随母亲去过那里，对此我们已无法考证了。

可是，布莱尔一点也不喜欢缅甸的生活，他尤其厌恶殖民地的那些英国同胞摆臭架子以及他们对待当地文化的冷漠态度。1927 年岁末，他终于无法忍受下去了，辞去公职并永远离开了缅甸。这里我想插一句，就在同年六月，比奥威尔小一岁的智利诗人帕勃拉・聂鲁达离开了故乡瓦尔帕莱索，踏上了漫长而不可思议的旅途，他于次年春天抵达仰光，开始了在缅甸的外交官生涯。这两位年轻人虽然没有在东方相遇（即使遇见在语言上也难以沟通），后来却双双成为社会主义的拥戴者。

布莱尔返回英国以后，即尝试写作小说。为了收集素材并了解英国工人是否和缅甸人受同样的苦，他不定期地与流浪汉生活在一起。布莱尔在酬金极低的私立学校教过书，从而亲身体验了贫穷。稍后，他又流落到巴黎，在那里度过一年半的时光，洗盘子，住贫民窟，与乞丐为伍，这些经历帮助他写成了第一部作品《巴黎伦敦落魄记》(1933)。正是在这部处女作中，他首次使用了乔治·奥威尔这个笔名(Orwell 是东英吉利一条河流的名字)。

具有讽刺意味的是，乔治·奥威尔在伦敦诺丁山的旧居，一幢整洁的白房子的二楼，如今已成为小资们朝圣的地方。记得多年以前我造访时，门口的马路边停靠着多辆造型别致的时髦小汽车。更有意思的是，自从 1964 年以来，每年八月的最后一个周末，伦敦市都举办以非洲和加勒比文化为主题的诺丁山狂欢节(其热闹程度仅次于巴西的里约日内卢狂欢节)，奥威尔的故居门口是游行队伍和游客的必经之地。

1935 年，奥威尔发表了自传体小说《缅甸岁月》，回顾了他的早年岁月，这本书具有反帝国主义倾向，因此常常被看作是社会主义的。次年，随着西班牙内战的爆发(“二战”的前兆)，奥威尔生命中的一个转折点来到了。他怀着一颗透明的心和满腔的热情，作为一名记者携同新婚妻子前往伊比利亚半岛采访，结果拿起了武器，升任少尉并挂了彩，在直布罗陀海峡对岸的摩洛哥疗养了一段时间，写成了《向卡泰隆尼亚致敬》(1938)(海明威也在西班牙前线采访时负了伤，并写出《丧钟为谁而鸣》)。可是，当年这本书的销路并不好。

如今，《向卡泰隆尼亚致敬》已被视为关于战争的经典著作，书中有对斯大林试图控制西班牙和整个国际左派力量的企图所进行的机敏驳斥。正是这段经历促使奥威尔从一个社会主义者转变成为反斯大林和极权主义的斗士，因为在反对佛朗哥的西班牙内战中，他看到了曾经是自己同盟军的苏联军队为了自身的利益毫不犹豫地调转了枪口。奥威尔受到的刺激一定是巨大的，后来，他相继写出了两部伟大的作品《兽园》(1945)和《1984》(1949)，从未去过苏联的他对独裁统治、尤其是当时的苏联政权进行了猛烈的抨击。

二、他发明了词汇“冷战”和“老大哥”

《兽园》嘲讽的对象是俄国革命，书中讲述了一群动物从它们的人类主子手中夺取政权的故事，最后，好端端的革命被（斯大林主义的）猪出卖。作者的预见性和独创性是明显的，因为该书写作期间，苏联和英国正并肩作战，而出版那年正是盟军取得第二次世界大战胜利的 1945 年。苏联解体以后，这部小说的俄文译者玛莎·卡尔普回忆了她在 20 世纪 80 年代的苏联第一次阅读时的情景：

> 我至今还觉得那像是在犯罪。奥威尔的作品在苏联是被禁的，别说在书店买这本书或者在图书馆借这本书，即使提到奥威尔的名字都是犯罪。当时流传着一本异议人士翻译的《兽园》，英文原版书也在地下流传。但你一定要包上一个封皮。即便如此，你也总是担心会被别人发现。

在《1984》里，奥威尔就人类可能遭受的悲惨命运发出了警告，该书写的是到了 1984 年，世界上只剩下三个超级大国，主人公温斯顿·史密斯（与当时的英国首相丘吉尔同名）所在的国家在一个以“老大哥”为首的独裁制度统治下，人们的日常生活（从恋爱、写日记到思想活动）受到严密的管制和监视，最后人性泯灭、六亲不认，谎言被当作真理，自由被完全剥夺。

英国作家罗伯特·哈利斯评论说：“如果把《1984》只看成是反斯大林主义的作品那就错了，尽管它的主要讽刺对象的确是斯大林式的独裁统治。这部作品的真谛、以及它能够经受时间考验的精华之处就在于它所揭示的道理：如果你控制了语言，你就控制了人们的思想。”如此看来，这本书的价值在今天仍然存在，奥威尔以反对集权统治、呼吁个人权利而受到广大读者的欢迎，他无愧于被称为“一代人的良知”。

奥威尔之所以在年轻时成为狂热的社会主义鼓吹者，很大程度上与他的出身有关，“没落的中产阶级”，这是最容易产生叛逆人物的一类家庭。在早期作品《通往维根码头之路》（1937）中，他这样描述满脸煤污的矿工所面对的恶劣环境：“从各方面来说，这里都是我想象中的地狱。它汇集了地狱所需的各种丑恶与恐怖：闷热、混乱、黑暗、难闻的气味、刺耳的噪音，尤其令人无法忍受的是那狭小的空间。漆黑中只有汽灯和电筒的微弱亮光在一团团翻卷的煤烟中可怜地晃动。”

不仅如此，奥威尔本人就生活在贫困之中，他由于伤病和营养不良而身体羸弱，第一个妻子病故后他又再婚，可是两次婚姻均没有留下孩子。奥威尔后来领养了一个儿子，以他的父亲的名字理查德命名。或许，正是因为对饥寒交迫和下层社会的深切了解，才使奥威尔在 1945 年和 1949 年先后发明了“冷战”（cold war）和“老大哥”（Big Brother）这些字眼，它们后来成为世界性的通用词汇，必将载入史册。

不仅如此，《1984》还在很大程度上影响了英国公众对政府权力的态度。例如，“老大哥正在盯着你”（Big Brother is watching you）这句话已经家喻户晓，它描写政府利用现代科技无时无刻不在监视着每个公民的行动。当然，这两本书并非为了证明革命是不可能的，而只是以讽刺的方式提出警告：如果为权力而追求权力是一种什么后果。正是这一点，使它们超越了政治而成为 20 世纪的经典文学作品。

与此同时，反对奥威尔和他的作品的也大有人在，奥威尔主义（Orwellism）一词应运而生，专指为达到宣传目的而篡改并歪曲事实。只是，克格勃并没有像霍梅尼对《撒旦诗篇》的作者萨尔曼·拉什迪那样下达通缉令。不过，奥威尔从来都不是一位厌世的作家，他在《1984》中表现了这样一种思想，如果有情人能够维持相互间的信任，那么，即便在酷刑之下，能够被摧毁的也只是他们的肉体而已。正是这一点，使他的作品充满了人情味，从而有着顽强的生命力。

三、一生的目标，把政治写作当成艺术

2003 年 6 月 24 日，正好是乔治·奥威尔诞辰 100 周年的头一天下午，俄罗斯总统普京乘坐的专机抵达了伦敦希思罗机场，会见了另一个布莱尔——英国首相。不可思议的是，普京居然是过去 130 年间首位访问英伦的俄罗斯首脑。不过，布莱尔和普京避而不谈乔治·奥威尔和他的那两部作品，甚至 BBC 和《泰晤士报》在发表奥威尔的纪念文章时也没有把普京的到访联系起来。

可是，事实却是无法回避的，就在三个月以前，比奥威尔刚好晚半个世纪出生的托尼·布莱尔与乔治·布什联手发动了伊拉克战争。这场战争把美英“新帝国主义”的面目暴露无遗，布莱尔的外交顾问罗伯特·库珀公然坦承：“这样的机会在19世纪也曾出现过，这可能又是开拓殖民地的一种需要。现在，一种崭新的帝国主义呼之欲出。”布莱尔本人也宣称，他们有权对某些主权国家采取任何军事行动，显而易见，他缺少奥威尔那样的同情心，他的政府后来深陷于一场假情报的政治危机。

…… ……

奥威尔的文字蕴涵着一种独特的幽默，例如，他通过描写癞蛤蟆的交配习性和廉价商店出售六便士玫瑰花的技能来嘲笑某些狂热的读者，其语言朴实、流畅、易懂而又准确，在严肃和随意、悠闲和激动等语体之间变化自如。正因为如此，连那些赞赏奥威尔直言不讳地批评共产主义的人士也相信，他的价值观曾经是并且依然是彻头彻尾的社会主义的。

已故的美国思想家约翰·罗尔斯在他的著作《正义论》中写到：“正义是社会制度的首要价值，正如真理是思想的首要价值。”的确如此，最深刻的思想常常是为了解决最简单的难题，社会正义就是这样一个难题。罗尔斯认为，社会正义必须基于的两个原则之一是，每个人都享有和其他人同样的基本权利和自由。这个权利和自由首先应该包括对所处社会公共事件真相的知情权。

乔治·奥威尔最憎恨的现象是，政府对公民的严密监视和舆论的掌控。正如他的传记作家柯里克所指出的，“奥威尔认为，人们应当永远讲真话。检验一个政权的好坏就是看它是否讲真话。奥威尔总是拿出事实真相来揭露那些极权统治和独裁政府。”奥威尔本人也乐于承认，他是个痛恨“极权主义”，热爱“自由的社会主义”的“政治作家”；他一生的目标就是，“把政治写作变成一种艺术”。

奥威尔努力的目标不仅是他生活的年代所需要的，他留给后世的是一笔丰富多彩的精神遗产，作为一名反独裁统治、提倡实话实说的战士，他将永远活在热爱自由的人们心中。在这个意义上，奥威尔让我想起鲁迅，另一位出身在没落的中产阶级，热衷于表达社会正义的中国作家，最后也死于中年的肺结核。尽管两位作家所处的社会背景截然相反，他们都明白正义代表了最大的个人利益，它给予公民以自由的身份、独立的地位和安全感。

在现代社会里，各个国家的公民逐步认识到了，每个人都应该享有普遍的公民权利和自由，这些权利和自由在任何情况下都不能被剥夺，也不能用来交换经济或其他利益。所不同的是，在艺术上鲁迅在中国文化界的地位也似乎至高无上，而比奥威尔出色的小说家和诗人却在英国无处不在，或许说明了 20 世纪以来中国作家整体上的薄弱（但愿不是）。

Interview

访谈

我们这代人的赌注[1]

阿尔贝·加缪（Albert Camus）、让·布洛赫－米歇尔（Jean Bloch-Michel）　张　博______译注

艺术的目标，人生的目标，只可能是去增加存在于世界以及每个人身上的自由和责任之总量。在任何情况下，这种目标都不可以哪怕暂时性地缩减或废除这种自由。

——“为艺术而艺术”的概念无疑与您操心的诸多问题无关。“介入”的概念，可以说最近这段时间这个词非常“时髦”，也同样如此。以时下的意义来理解介入，关键就在于用艺术为政治服务。在我看来，某种更加重要的东西才是您作品的真正本质，让我们可以呼唤这部作品融入其时代。这个说法是否确切？在这种情况下，如何定义这种融入？

——融入时代，可以采用这种说法。不过说到底它定义了一切文学领域的艺术。每一位作家都在努力为其时代的激情赋形。昨天，是爱。今天，对于统一性与自由的巨大激情撕裂着世界。昨天，爱曾为个体的死亡付出过代价。今天，集体的激情则令我们承受着世界毁灭的危险。今天和昨天一样，艺术都试图从死神那里夺取一幅关于我们的激情与苦难的生动画面。

也许这就是今天最难做到的一件事。人们可以时不时便陷入恋情。但说到底，一次足矣。不过我们却不能闲来无事就去做政治积极分子。因此，本世纪的艺术家如果

---

1 该访谈最初发表于 1957 年 10 月第 98 期《明天》杂志，采访者是让·布洛赫－米歇尔（Jean Bloch-Michel）。

依然待在他的象牙塔里，他就会有脱离实际的危险，而如果他永远围着政治的斗兽场飞奔，就会变得贫乏。然而，恰恰在二者之间，开启了名副其实的艺术所要遵循的那条艰难道路。在我看来，作家不应该忽视其时代的任何惨剧，并且在每一次心知肚明或者力所能及之时做出表态。不过，他也同样必须保持，或者说时不时重新把握与我们时代面对面时的某种距离。每一部作品都意味着某种现实内容，以及一位制作其容器的创造者。因为，如果说艺术家必须分担其时代的苦难，他也同样必须从中挣脱出来，以便思考苦难并为其赋形。这种无休止的来回往复，这种说实话正在变得愈发危险的张力，就是今日之艺术家的任务。也许这就意味着，在不久的将来再也没有什么艺术家了。不过也许并非如此。这是一个时间、力量、自控以及运气问题。

总之这些就是事情应该有的样子。还剩下现实中实际存在的事情，还剩下当下那些并不那么美好的真相。既然我起码感受到了真相，这一真相就是，艺术家如今正在黑夜中摸索前行，迈着与行人同样的步伐，无法与世界的苦难分离，热切地渴望孤独与安静，向往正义，梦见非正义本身的根源，在身后拖拽着一辆比他本人更加庞大的战车，以为自己可以把它开动。在这令人筋疲力尽的冒险中，艺术家只能求助于他人，而且就像别人一样，求助于快乐、遗忘、友谊与赞赏，像别人一样，求助于希望。对我而言，我始终在词语中，在丰饶的思想中汲取我的希望。和许多今人一样，我厌倦了批评，厌倦了诋毁，厌倦了恶意，一言以蔽之，厌倦了虚无主义。必须去谴责所谓“理应如此”，要既迅速又坚决。应该与之相反去长久地颂扬那种依然值得做到的事情。总之，正是出于这一点，我是一个艺术家，因为即便一部给出否定的作品，也依旧在肯定某些东西，并且在向我们悲惨而壮丽的生活致敬。

——当有人像您一样说话时，他并不仅仅是在为自己开口，也必然在为他人发声，为了某件事情发声。换言之，有些价值对于一些人很重要，他恰恰是在以这些人的名义帮助他们发声。这些人是谁，这些价值是什么？

——首先，我每天都感觉到人类的团结。明日，世界可能会炸成碎片。在这种悬挂于我们头顶的危险面前，存在某种关于真理的教益。面对这种未来，品级、头衔、名誉，全都重新恢复了本相：一阵逝去的云烟。留在我们心里唯一的确信，就是确信那种所有人共通的、毫无遮掩的疼痛与某种顽固的希望彼此盘根错节。

在本世纪的斗争中，我总会感觉到那些固执者之间的团结，尤其是那些未能对某种尊严灰心绝望的人之间的团结。我曾经分担过并且依然大量分担着当代的谵妄。但我却从未能够像许多人那样，决定唾弃"尊严"一词。也许这是因为过去和现在我都清楚地意识到自己作为人的弱点以及不公正之处，因为我在过去和现在都发自本能地知道，尊严与怜悯一样，这种不理智的德行刚刚接替了正义以及已然变得无力的理性。一个人，他把他的血液、他的疯狂、他微不足道的心灵都献给最多数人共有的弱点，他为了最终认识自己并认识别人，必须借助于某些事物。这就是为什么我厌恶那种满足于自身的德行，我厌恶世界上可憎的道德，我厌恶它是因为，它完全和彻底的恬不知耻一样，最终通向对人的绝望，阻止他们用自身过错与功业的重量去承担起他们自己的人生。

艺术的目标，人生的目标，只可能是去增加存在于世界以及每个人身上的自由和责任之总量。在任何情况下，这种目标都不可以哪怕暂时性地缩减或废除这种自由。有一些作品试图让人屈服并皈依于某种外在的准则。另有一些作品则想要让他被心里最恶劣的东西，被恐惧与仇恨奴役。这些作品在我看来毫无价值。没有任何伟大的作品曾建立于仇恨或轻蔑之上。相反，任何一件真正的艺术品最终都增加了每一位了解并喜爱它的人内心的自由。是的，我为这种自由发声，正是它帮助我活下去。一位艺术家可以让他的作品成功或失败，可以让他的人生成功或失败。不过，如果他在长久努力之后，最终可以对自己说，他减轻或缩小了压迫在人类身上的奴役之总量，那么，他在某种程度上已经得到了辩护，他也可以在某种程度上原谅他自己。

——在任何作品的源点，都存在某种经验。可能涉及某种突兀而短促的经验，涉及某种冲击。也可能涉及某种长期的，通常是童年和少年期的经验。对您来说，最开始就有了地中海与贫困。成年后，其他各种经验纷至沓来，使最初的印象发生转向

或增光添彩。对您来说，就是战争和抵抗。最近这几年难道不同样也是某种全新经验的源泉吗？它们给您带来了什么，在何种程度上？

——是的，曾经有过阳光和贫困。还有运动，在体育运动中我学习了自己唯一和真正的道德课程。随后就是战争和抵抗。关于这方面，还应该加上仇恨的诱惑。看人杀死那些我们所爱之人，这不是某种对宽容的磨炼。必须战胜这种诱惑。我做到了。这是一种重要的经验。

解放之后的那几年，对我而言大部分时间都标志着一种孤独的斗争经验。当然，我也有朋友，善良、慷慨、忠诚的朋友，今天一想到他们，依然温暖着我的心灵。不过我必须做出的决定，以及对我而言最重要的决定——例如写作《反抗者》的决定——都是孤独而艰难的决定。之后也同样如此。而与此同时，历史开始运动。东德，波兹南，布达佩斯[1]……一个硕大无朋的神话崩塌了。某种被长期遮掩的真相暴露在了所有人的目光之中。如果说当下依然血腥，未来依旧晦暗，至少我们知道，意识形态的纪元已经结束了，知道抵抗之效力与自由之价值一样，重新给予我们活下去的理由。

就这样。当然，还应该加上一些完全私人的经验。

——我们刚才谈到了把作品融入时代的问题。不过它也属于某种几乎可以说是地理意义上的思想潮流。在我看来，从您的作品中，就像从一些当代作家的作品中——我尤其想到西洛内[2]和奥尔特加·伊·加塞特[3]——可以说存在某种属于欧洲的特质。您对此有所意识吗？这个精神的欧洲在您看来是否如同某种现实？

——是的，我意识到了这个欧洲，并且我相信它预示了我们政治的未来。因为我更感觉自己是法国人，所以我愈发相信这个欧洲。没有任何人比我更加依恋他的阿尔

---

1 1953 年 6 月 17 日，东德发生了人民示威活动，遭到镇压。1956 年 6 月 28 日，波兰波兹南发生罢工事件，遭到镇压。1956 年 10 月 23 日，匈牙利布达佩斯发生学生抗议事件，最终引发武装起义，遭到苏联军队镇压。

2 伊尼亚齐奥·西洛内（Ignazio Silone，1900—1978）：意大利反法西斯作家。加缪在 1939 年时便对其小说《面包与酒》写过书评，将其称为"一部介入当下诸多问题的作品"，"一部伟大的革命性作品"。

3 奥尔特加·伊·加塞特（Ortega y Gasset，1883—1955）：西班牙思想家，加缪对他评价极高。

及利亚行省，不过置身于法兰西传统之中并没有让我感到任何困难。因此，我学到了，对于故土的热爱无需消散便可扩大，就像人们学会如何呼吸一般自然。最后，正因为我热爱我的祖国，我感到自己是欧洲人。看看奥尔特加·伊·加塞特的例子，您提到他很有道理。他也许是尼采之后欧洲最伟大的作家，不过，他继续做西班牙人却有些困难。西诺内在向整个欧洲说话，而我之所以感觉自己如此喜爱他，恰恰是因为他与此同时不可思议地根植于其民族传统甚至乡土传统之中。

统一性与多样性，彼此缺一不可，这难道不正是我们欧洲的组成形式吗？它靠着它那些矛盾而生存下来，因为它那些差异而充实起来，通过它所实现的不断超越，它创造了一种文明，整个世界都需要这种文明，即便在世界对其拒斥之时。这就是为什么我不相信一个在意识形态或特定宗教重压下统一起来的欧洲，它们忘却了欧洲的差异。同样，我也不相信一个单纯听任这些差异摆布，也就是听任各种敌对民族主义形成的乱局摆布的欧洲。

如果欧洲没有被烈火毁灭，它将会得到完善。而且在轮到苏俄的时候，它也会带着自身的特殊性加入其中。将来不会是赫鲁晓夫让我忘记那种把我们与托尔斯泰、陀思妥耶夫斯基以及苏俄人民联系在一起的纽带。不过，这种未来受到了战争的威胁。我们再次身处赌局之中。只不过，这是一场少有的值得跟注的赌局。

——您是一位阿尔及利亚法国[1]作家。这也是您在接受诺贝尔奖的时候坚持强调的内容。不过，当您感到您是阿尔及利亚法国人，很显然，您并没有通过与那些其他族裔阿尔及利亚人的对比去自我定义。阿尔贝·加缪，阿尔及利亚法国人，它想要表达的难道不是您与所有阿尔及利亚人团结在一起吗？这一点如何实现，这个阿尔及利亚如何成为让您同样拥有归属感的精神欧洲的一部分？

——我在阿尔及利亚的角色过去从来都不是，将来也永远不会是制造分歧，而是以我的方式去促进和解。对于那些如今正在我故土的灾难中受苦的法国人或其他族

1 原文为“français d'Algérie”，该说法的意义较为微妙，可以理解为“属于阿尔及利亚的法国人”“来自阿尔及利亚的法国人”等等。

裔，我感到自己与双方全都休戚相关。但是我无法依靠我一个人去重塑那么多人热衷于毁灭的东西。我尽力而为。等到时机再次出现，有助于去重建一个摆脱了一切仇恨与种族主义的阿尔及利亚之时，我将重新开始。不过，为了留在那片我们存身的土地上，我只想提醒一句，仅仅通过宽容的交流与真正的团结，我们已经建立了一个由法国人与阿拉伯人组成的阿尔及利亚作家共同体。这个共同体暂时被分成了两半。但是诸如费劳恩[1]、马麦里[2]、什赖比[3]、迪卜[4]以及许多其他人，已经在欧洲作家之中落座。无论未来如何，无论它在我看来多么令人绝望，我确信这件事将来不可能被忘记。

——当您谈论法国思想时，您曾多次讲出“复兴”一词。不仅你期望复兴，而且似乎您有时已然从中领会到了一些最初的许诺。这种复兴可能会具有怎样的形式？征兆是什么？

——在各个级别发生的代际变化是最初的征兆。新世代的素质是另一个征兆，同时，还有对命令、对意识形态不断增长的抗拒，回归那些少一些浮夸傲慢、多一些肉体温度的价值。

欧洲（以及法国）尚未从一百五十年的虚无主义中脱身出来。这种虚无主义曾经由一些骗局奠定。不过自从对这些骗局的拒斥逐渐发展起来之后，希望就有了可能，问题就在于去搞清楚我们能否比核导弹走得更快。不幸的是，精神的成熟往往比洲际导弹缓慢。但是无论如何，既然核战剥夺了一切未来的意义，它就让我们恢复了行动的自由。我们没有任何可以失去的，否则就是全部。那么，前进吧！这就是我们这代人的赌注。如果我们必然失败，无论如何宁可置身于那些想要活下去的人们

1 穆卢德·费劳恩（Mouloud Feraoun，1913—1962）：阿尔及利亚柏柏尔裔作家，使用法语写作。阿尔及利亚独立运动的支持者。尽管在政治上与加缪存在分歧，但二人的友谊一直延续了下去。

2 穆卢德·马麦里（Mouloud Mammeri，1917—1989）：阿尔及利亚柏柏尔裔作家，使用法语写作。

3 德里斯·什赖比（Driss Chraïbi，1926—2007）：摩洛哥马格里布作家，用法语写作。

4 穆罕默德·迪卜（Mohammed Dib，1920—2003）：阿尔及利亚阿拉伯裔作家，使用法语写作，被认为是阿尔及利亚文学之父。五十年代初与加缪结识。由于支持阿尔及利亚独立运动遭到政府当局驱逐，最终在加缪的帮助下得以在法国本土定居。迪卜去世时被法国文化部长称为“阿尔及利亚与法国之间的精神桥梁”。

身侧，而不是站在那些毁灭一切的人旁边。

——在您的所有作品中，哲学的悲观主义仍然与某种东西并存着，不是乐观主义，而是某种信心。信心在精神上，胜于人身上，在自然中胜于天地中，在行动中胜于其结果中。您认为这种态度——这也是反抗者的态度，反抗之价值弥补了世界之荒诞——可以成为大多数人的态度吗，或者它只能是留给某些智者的特权呢?

——这种立场真的那么特别吗？今日之人，遭受威胁，固执己见，难道他们不也这么生活吗？人们无法呼吸，但幸存下来。人们以为死于悲痛，但生命获胜。本世纪人们的面孔，那些我们在路上交错而过的面孔，是一张知情的面孔。在某些人的脸上，闪耀着更加强烈的勇气之光，如此而已。另外，我们别无选择。只有它或者虚无主义。如果我们的社会必须冲进极权者或资本家的虚无主义，那么那些不愿让步的人将被疏远，而他们不得不接受。但是，站在他们的位置上，根据他们的才能，他们必须去做他们应该做的，为了让生活对大家来说重新变得有可能与所有人共存。

就我个人而言，我从来都不希望自己被疏远。对于今日之人而言，存在某种孤独，它毫无疑问是时代带给我们的最为严酷之物。我感觉到它的重量，请您相信这一点。不过，我无意改变时代，因为我同样了解并且尊重它的伟大。还有，我始终认为，最大的危险与最大的希望会同时产生。

——今天我们无法避免谈及某些主题。最严重的则是一个向所有人提出的问题：在如今令世界分裂的各种斗争中，是否真的必须同意忘掉某一方身上的所有恶习，只为去与另一方身上最恶劣的东西作战?

——理查德·希拉里[1]在他最后一次作战身亡之前，曾经找到了一个表述，总结并传达了这种两难：“我们以某种二分之一真理的名义与谎言作战。”他认为这表达

1 理查德·希拉里（Richard Hilary，1919—1943）：第二次世界大战期间英国皇家空军飞行员，1943 年在英伦空战中阵亡。著有自传《最后的敌人》，记录了他的战斗经历。

了某种非常悲观的思想。不过，甚至有时会发生我们以某种四分之一真理的名义与谎言作战的情况。这正是我们当下的处境。只不过，西方社会拥有的四分之一真理，它叫作“自由”。自由是一条通向可完善性的道路，唯一的道路。没有自由，人们可以改进重工业，但却不能改善正义或真理。刚刚发生的历史，从柏林到布达佩斯，应该足以说服我们。无论如何，我做出选择的理由恰恰就在这里。我曾经说过，任何声称可以医治极权主义的疾病都比极权主义本身更加可恶。我没有改变过看法。相反，经历了二十年我们沉重的历史，我曾经尽力不去抗拒它的任何经验，在此之后，自由，无论对于社会还是个体，工作还是文化，它终于在我看来成了最高之善，统帅着其他善行。

Sinologist

汉学家

我们的任务是改变现有的全球化模式

施笛闻英译马雁诗选

我们的任务是改变现有的全球化模式

—— 施笛闻专访

梁余晶 ______ 访谈

确实，最近几百年，可以说大部分国家所经历的现代化基本上与西方化无区别。而我盼望的是，更多来自西方之外的作者有机会通过自己的作品重新定义世界文学本身。

施笛闻（Stephen Nashef, 1987—　）

施笛闻，诗人、翻译家。出版译著有马雁诗集《马雁诗选》、薛忆沩长篇小说《希拉里、密和、我》，翻译他人文学作品人选《路灯》《飞地》《密切根评论季刊》《归巢与启程：中澳当代诗选》等刊物。2018 年荣获亨利·卢斯基金会中国诗歌翻译驻留项目职位。现于北京大学攻读哲学博士学位。

梁余晶（下文简称“梁”）：笛闻你好，很高兴有机会采访你，我们就从你的个人经历开始聊吧。从你的简历中，我看到你原本是在曼彻斯特大学学物理的，但现在你却是北京大学哲学专业博士生。你能否谈谈这一转变，是什么促使你做了这样的选择？当然，我知道你从英国大学毕业后来了北京，在中国生活了很久，但除了这些外部的经历之外，是否有某种内在的东西，或感受，让你把学习兴趣转向了中国哲学？

施笛闻（下文简称“施”）：余晶你好！我从小一直是理科男，数学物理等成绩比较高，但是也一直对哲学很感兴趣。在某种意义上，物理的研究对象与哲学有一些相似，只不过是从另一种角度而进行的。我其实最早开始读的专业是“物理和哲学”，一门曼大当时开了不久的新专业，但我后来发现，似乎是物理和哲学两个都不太深入，后来转为理论物理，可是一直继续自己看哲学的书。也许可以说，物理和哲学对我吸引的点在于，两者都围绕着一种似乎永远够不着的东西，需要不断发展其语言（无论是哲学术语或数学公式）来试图接近或描述它。我对中国哲学的兴趣也不过是又换了一个语言、换了一个接近那现实中颇为神秘的东西的方式而已。从这个角度来说，从物理到中国哲学的跨度或许并不像它看上去那么大。

梁：谢谢！能否简要介绍一下你现在的博士研究，包括你从前硕士阶段的研究？这些中国研究中有什么东西最吸引你？

施：我研究的是中国明清时期的伊斯兰教哲学。明朝时有一批穆斯林学者进行了某种寻根运动，首先将许多波斯文和阿拉伯文的著作翻译成中文，然后开始根据西域的伊斯兰教思想传统用中文写自己的哲学和神学著作。他们的动机是双重的，一方面是想给以汉语为母语的穆斯林解释伊斯兰教的教义和思想，另一方面是想向中国的非穆斯林证明伊斯兰教与中国主流文化，即儒家文化，不存在冲突。因此，他们的译作与原作是用源自儒学的语言和概念写的，也被称为“以儒诠经”。在我看来，这是一个很有意思的现象。一套思想进入不同的语境时，会导致一定的摩擦、张力，以及一些莫名其妙的相融。所以我认为，从东西比较哲学角度来讲，是值得研究的主题。

我硕士读的是中国文学，研究了彝族写的当代中文诗歌，好像跟明清时期的中国伊斯兰神学相当不同，但是也许有一点点关系。彝族诗人用汉语写诗，是一种作者与语言之间的异化，就像中国的穆斯林用儒家语言写伊斯兰教著作在一定程度上是题材与语言之间的异化。或许是因为我觉得所有语言表达都是一种异化，所以对这些主题比较感兴趣，可能正好是这些比较边缘的现象，对理解人的各种语言活动最带有启示。

梁：你的博士研究选题非常有意思，展示了明清时期伊斯兰文化与中国主流儒家文化结合过程中的策略与细微过程，这种文化交融与摩擦应该在每个历史时期都有类似的表现。另外，我注意到，你似乎对伊斯兰文化有特别的兴趣。比如你翻译的诗人马雁就是个穆斯林，能否介绍一下马雁诗集英文版的成书过程？她的穆斯林身份是否也是你选择翻译她诗歌的原因之一？

施：我选择翻译马雁的诗好像跟她穆斯林身份没有太大的关系，我个人从她的诗歌中不太看得出来她是穆斯林，也没有看出直接的伊斯兰教影响。我之所以想翻译她的诗主要是因为纯粹的喜欢，尤其是因为她诗歌口吻对我来说比较独特。我是 2014 年第一次读到她的诗集，留下的印象蛮深刻的，后来我从 2017 年左右开始，有空就翻译几首，直到我发现积累的诗足以成书，2019 年就投稿给美国出版社。由于疫情各种原因，2021 年 9 月才出版。

梁：因为我看到你也在英国主编过一本诗歌杂志，应该你本人也是写诗的，你如何看待创意写作与诗歌翻译之间的关系？或者说，你认为诗歌译者本人能不能写诗，对他的诗歌翻译能力来说重要吗？你可以用自己的个人体验来说说。

施：是的，我也写诗，或者说以前写过，最近没怎么写。我认为有写诗经验对诗歌翻译比较重要，诗歌毕竟是与其他文体不同的表达方式，会写英文的人不一定会写英文诗歌。我最早写的诗都很烂，还没培养出应有的对诗歌语言的敏感，如果立马开始用当时相当笨拙的文笔翻译中国诗人的作品，恐怕对原作者不负责任。然而，自己写诗对翻译也可以带来危险，比如说，我不仅把某某人的诗翻成英文，还把它翻成自己的诗，不自觉地把自己的创作习惯和偏爱写进去，违背原意。我认为，译者在一定程度上需要消灭自我。创作者是爱炫耀的动物，所以这一点是难以实现的，要克制自己。

梁：你可能知道，其实中国国内有很多懂英文的人，他们比较喜欢把中国诗歌译成英文。尤其是译中国古诗的时候，他们很喜欢译成押韵的英文格律诗，你觉得这样的译诗在当代英国还有市场吗？

施：译诗在英国的市场本来不大，是前帝国的一种傲慢吧，对其他国家和文化缺乏好奇心。如果中国当代诗对英国人来说有点陌生，那么中国古诗更是一种难以理解的东西。我个人完全不知道应该如何翻译古诗，那种语言表达似乎是无法用英文来再现的。有人翻译成押韵的格律诗我能理解，大概是把一个文化的古典感换成另一个文化的古典感，但实际上不同。中国古诗的美与其语言密度有关，意境从文字中一下子就形成，在我看来与押韵没有关系。所以，虽然我很支持这些对古诗的翻译尝试，但是一般来说难以打动英文读者。

梁：既然谈到了翻译，我们就来谈谈“双语”。有一种流行观点是：诗歌翻译只能从外语译入母语。但现实情况是，目前世界上能够用外语写作的作家越来越多。你如何看待这种观点和这一现象？你自己中文这么好，你会用中文写诗吗？或者，你会打算把英语诗歌翻译成中文吗？

施：简而言之，翻译是由两个工作组成的：读懂原文和写成译文。好像后者难一些，对译者的语言能力要求更高，所以很多人认为只能从外语译入母语。我对这个观点的怀疑是双重的。首先，我觉得“读懂”这一部分没有很多人想象的那么简单。其次，我并不同意“母语”是绝对的语言能力标准。“双语”的定义大概是把外语学到与母语一样高的水平，有人似乎在说这是无法实现的，除非从小就在那个语言环境长大了。但我认为，在熟悉一门外语的同时，也不得不反思自己的母语，发现这一一直陪伴着自己、本来自然不过的语言显得有点陌生。就是说，接近所谓的“双语”不仅是外语的母语化，而且是母语的外语化。这应该是学过外语的人都经历过的事情，如果用外语说什么话，然后忽然发现不知道怎么用母语来表达，那就母语突然变成海德格尔所说的损坏了的锤子，漏出真面目，化为陌异之物。用语言创作因此不是母语者的特权，因为我们都同样在面对一种我们根本不十分了解的语言。所以呢，我觉得越多人从事翻译这一困难的工作越好，无论什么母语。

尽管如此，我自己没有把英文的东西翻译成中文，大概是因为觉得中翻英的译者少一些，想稍微弥补一下英文世界关于中文文学的知识缺陷。

梁：你是在伦敦大学亚非学院读的中国文学硕士，现在又在北京大学读中国研究博士。等于你已经有了在英国大学与中国大学学习中国文学与文化的经历，你觉得这两种学习经历有什么不同？目前中国有些学者把“海外汉学”当作一个专门的研究对象，你觉得“海外汉学”真的与中国国内的汉学研究有很大不同，能够成为一个专门研究对象吗？

施：汉学要分古代和现代，现代的话确实很不一样，应该是因为立场不同，外国汉学家的研究对象离自己遥远，在讲述文本之前，需要先搞清楚文本的环境，即中国。对国内的学者来说，环境是不言而喻的。一方面，外国汉学家对语境问题的关注导致一些不同的思考方式和结果，另一方面，他们消耗了这股精力之后，好像没时间像中国学者那么深入地探讨文本自身。在我看来，研究古代的学者区别没那么大，可能是因为无论学者是中国的还是外国的，都在研究与自己存在一定距离的东西。

我曾经做过国内和国外大学的中国现代文学课程阅读书目的比较，发现国外学者更注重海派（施蛰存、穆时英等），而在中国大学的现代文学课的阅读书目上，海派和京派著作的数量比较平衡。我认为这是因为海派对西方读者来说比较容易看懂，具有某种较为国际化的现代性，也可以从西方学者热爱的后殖民主义等各种主义去探讨。而像废名那样吸收中国古典文化来创造新的写作方式的作品，则具有西方学者难以理解的现代性。不仅要搞清楚文本的当下环境，还要搞清楚古典传统，恐怕完成了这份工作之后，根本来不及讨论文本了。另一方面，西方学者更关注中国大陆外的华文文学，比如中国港澳台地区、马来西亚、印尼等华文作品。

梁：话题回到中国当代诗歌，你眼中的中国当代诗歌有什么特点，或者说，当代中国诗歌有什么独特的地方让你觉得和英语诗歌不太一样，值得翻译？你可以就你感兴趣的诗人举例谈一谈。

施：这是难以回答的问题。如果中国当代诗歌有一种不完全归因于语言的特点，也就是说一种国家或文化的性质，翻译成英文之后不成为纯粹的“英文诗歌”，而成为“英文的中文诗歌”，那么对译者来说这是一个难以处理的问题。我刚才说了，一个译者不要把别人的诗翻译成自己的诗，而应该保留原作者的写作精神，但是不是也要小心不要把中文诗过于英语化了，不要消灭它作为中文诗的特点？很多人对翻译成功的标准是译文没有“被翻译”的感觉，换言之，译文像原文，被翻译成英文的中文诗像英语作者的原创作品。或许我们应当保留一点点“被翻译”的感觉，借以用翻译改变语言表达的可能性，就像近代将外国文学译入中文的翻译运动改变了国内的诗作。

但是中国当代诗人太多了，那么多不同的风格，我没法讲清楚有什么与英文诗歌不同的共同特色。我不是说这是不可能的，只是我个人没有这个能力。

梁：我个人觉得，从古代到现代，特别是进入 20 世纪全球化时代之后，每个国家或民族的诗人写出来的诗越来越相似了，这也是当年宇文所安批评北岛时说的：北岛写的是一种“世界诗歌”，包含了太多的西方元素。我想这一现象不仅出现在中国诗歌中，还出现在英语诗歌内部，美国文化毫无疑问占了主流，而新西兰、苏格兰这样的国家和地区就非常边缘化。我 2018 年去过你的家乡格拉斯哥，待了一星期，就有类似的感受。你觉得现在苏格兰诗人在美国文化无处不在的背景下，还能够保持自己的诗歌传统吗？或者，他们是更多地在写作“世界诗歌”，还是在坚持“苏格兰诗歌”？

施：你说的这个趋势很重要。世界各地采取自由体诗难道不就是一种以摆脱本地写作格律来成为“世界文学”的方法吗？最早写自由体诗的诗人来自法国和美国这两个最近闹革命的国家应该不是机缘巧合的事儿。在我看来，全球化是不可逆转的变化（而且实际上这样的逆转说不定并不可取），但是“现代化”或“全球化”不一定必然是“美国化”和“西方化”的同义词。确实，最近几百年，可以说大部分国家所经历的现代化基本上与西方化无区别。而我盼望的是，更多来自西方之外的作者有机会通过自己的作品重新定义世界文学本身。一种方法是回到自己的文学传统。可以说张枣是这样一种诗人，或者我翻译过的年轻诗人茱萸。翻译这种诗可能需要做各种脚注（尽管我认识的很多译者是脚注反对派），给西方读者解释《山海经》中的夸父是谁，因为与比较熟悉古希腊神话的中国人不同，西方人在现代世界这一不平衡的全球化背景下，并没有那么多机会（或兴趣）去接触到欧洲之外的文化传统。我作为译者的目的就是使这些本地因素世界化。所以我不像宇文所安那样视“世界诗歌”为贬义词。我想要的是中国诗人在受到美国诗人影响的同时，也影响到美国诗人的写作。这种情况会不会导致你所说的大家写得越来越相似的结果？我希望不是！但是民族可能不会是区分作者的主要因素。

在我看来，大部分苏格兰诗人写的诗就是你所说的世界文学。或许他们会反对我这个观点。苏格兰人现在有强调自己民族文化独特性的各种动机。我不一定否认这些动机，但不太赞成这种方法。我的观点可以这样总结：现代世界是全球化的世界，也有很多问题，但是问题不是全球化本身，我们的任务是改变现有的全球化模式。

梁：非常感谢你的分享，你的观点很有启发性。在文学与文化发展方面，也许我们依然在寻找一种最为合适的全球化模式。最后一个小问题，也是我那次去英国后遗留下的一个问题：英式早餐里面那块黑乎乎的东西是什么？好像是血，是猪血还是羊血？这东西有个专门的名称吗？

施：那是 black pudding！英国的猪血肠。英国美食不多，但是油汪汪的英国早餐的确好吃。一想到就开始流口水！感谢你的采访和这次机会跟你聊诗歌和早餐！

施笛闻英译马雁诗选

马　雁（1979—2010）

马雁，回族，生于四川成都，穆斯林，当代女诗人、散文家。1997 年，就读于北京大学中文系古典文献专业。2000 年，与友人共同创建北大新青年网站。2002 年，自印诗歌和小说合集《习作选：1999—2002》。2003 年，回成都生活。2007 年，自印诗集《迷人之食》。2008 年，参加当代艺术广州三年展。2009 年 9 月，获第四届珠江国际诗歌节青年诗人奖。2010 年 4 月至 9 月，成为北京上苑艺术馆驻馆诗人；11 月，获 2010 年度刘丽安诗歌奖；12 月，编定待出版的随笔集《读书与跌宕自喜》；12 月 28 日，赴上海访友；12 月 30 日晚 9 时许，在上海因病意外辞世。

痛苦不会摧毁痛苦的可能性……

痛苦不会摧毁痛苦的可能性，生命
不会消失自我的幻觉术。在一生的
时间里，穿越过岩石缝隙里的贝类
是潜藏的隐微的音乐，那是宏大的
乐队在奏响，人们正从缝隙里行军
去往伟大的未来。是的，光明将从
最卑微处散发，所有最恶劣的气味
是大战乱的征兆。我坐在垃圾堆上
唱歌，唱一支关于塑料和火结婚的
歌。这支歌将唱响至地底的孤独者
升起。他升起时，无花果树将开花，
贝壳将给出回环的路径，一切再次
降临，并反复以至于无穷。是这样；
他说：痛苦不会摧毁痛苦的可能性。

SUFFERING DOES NOT DESTROY WHAT MAKES SUFFERING POSSIBLE

Suffering does not destroy what makes suffering possible; life
does not do away with the self's art of illusion. In the space
of a life, the shellfish that pass through the cracks in the rock
are a hidden, infinitesimal music, which a huge band
is now playing, and the people march from the cracks
toward a magnificent future. Yes, it is true, light will scatter
from the lowliest of places, and all the ugliest of smells
are omens of war, but I sit on the rubbish pile singing,
singing a song about the marriage of plastic and fire, a song
that will sing the recluse underground up to the surface.
When he comes to the surface the flowerless fruit will bloom,
the shells will offer a path that loops back, and everything
once again will descend, repeating until infinity. Just like this,
he says, suffering does not destroy what makes suffering possible.

细雪

Eternity and a Day

穿树皮靴的人，
把我带到深邃的胡同里，
小鸭子胡同，鸭雏胡同，
鸭蛋胡同，哪一个更像真的？
我们在小鸭子胡同里找小偷。
这些坏蛋，他们骗我，
你要把他们找出来。

我要把他们找出来。
这城里天天有人跳楼，
我哥哥说他要“自刎”，
他一边说一边笑。
他们一直跳，
从一栋跳到另一栋，
乘着雨夹雪的风，
趁着没有人抬头看，
他们滑翔。

我是坏人，
但现在不是。
现在我是楚楚可怜。
人人都应该站在我面前，
透过湿润的冷看我。

坏心眼在飞转。

这湿润的冷！
正在弥漫着不清晰的城。
穿树皮靴的人，
抽打着，抽打着。
这些坏人，穿过马路
在清寒中低着他们的头。

FINE SNOW

Eternity and a Day

The man in bark boots
took me to the depths of the hutongs,
Little Duck Hutong, Duckling Hutong
Duck Egg Hutong—which one sounds more believable?
We are looking for thieves in Little Duck Hutong.
The bastards tricked me
and you're going to find them.

I'm going to find them.
Every day in this city someone jumps off of a building.
My brother says he wants to slit his own throat.
He says it with a smile.
They keep jumping
out of one building and into another
riding the sleet in the wind
and when no one's raising their head to look at the sky
they soar.

I can be a bad person
but now I am not.
Now I am delicate and charming.
Everyone ought to stand before me
and look at me through the damp cold.

Bad intentions fly back and forth.

This damp cold!
It's seeping through this blurred city.
And the man in bark boots
is pummelling away.

The bad guys are crossing the street,
heads lowered in the chill.

不被诅咒的沙乐美

今天，不被诅咒的沙乐美
来到大街上（旁白：可怜
沙乐美不是公主了）
她的手袋里装着五厘米长的
磨砂小玻璃瓶（赞助商：瓶里是香水）

沙乐美没有桂林步辇
她也没有鞋（贴身侍女：鞋店大减价！）
巴比伦最佳形象代表打着赤脚
（道具：香水在瓶里发酵了
要不要扔掉）

沙乐美买了一张电话卡
粘在玻璃墙上打国际长途
（会计：她把国库偷空了）
著名的自由主义分子，
在押政治犯的贵族情人

沙乐美逛商店事件发生在
本世纪初的一个春天
公主身着民族服装
盛装出游美艳动人
一群不明来历的反对派闻讯赶到

“打倒沙乐美这个小妖精！”
“不达目的誓不罢休！”
“强烈要求和王后
（某甲：就是那个老妖精）直接对话！”
导致少女沙乐美离家出走的原因不详

国王和王后之间发生了激烈的争执
“可怜的小宝贝儿，摇滚乐害了她！”
“她离家出走不过是因为
你也看上了那个自由主义小白脸！”
“看上他的还有你！”

流亡的公主，高贵的公主
你的脚趾如同纯洁的白鸽
流浪的公主，尊贵的公主
你的脸庞好像初升的月亮

沙乐美朝电话亭外的等候者抛媚眼
愿意和我跳足尖舞吗？
我好像见过你，《花花公子》封面？
是五月花酒店（导演：贵族式的微笑！）
到小酒馆喝一杯吧，今天早点开张

可怜国王和王后在家里死去活来

沙乐美的情人趁机越狱
回到家乡去会老相好
国王和王后终于决心离婚
“都是月亮惹的祸呀，沙乐美！”

UNCURSED SALOMÉ

today uncursed Salomé
arrived on the streets (aside: *Poor*
old Salomé is no longer a princess)
in her handbag a five-centimeter
frosted glass bottle (sponsors: *The bottle contains perfume*)

Salomé has no mulberry sedan
and she has no shoes (personal maid: *There's a sale at the shoe shop!*)
the exemplar of Babylon stands in bare feet
(props: *The perfume in the bottle has gone off,*
time to throw it away)

Salomé buys a phone card
sticks it to the glass and makes an international call
(accountant: *She made off with the treasury's every last penny*)
the famous libertarian
is holding the political prisoner's aristocratic lover hostage

the Salomé shopping incident took place
in a spring at the beginning of this century
the princess wore ethnic dress
dressed up for a day out and dazzling
when news came in of a mysterious group of dissenters

"Down with the young temptress Salomé!"
"We won't take no for an answer!"
"We demand a reception with
the queen consort!" (PERSON A: *i.e. the older temptress*)
the reason for young Salomé's escape is not known

there was a serious dispute between the king and queen consort
"Poor little baby, ruined by rock music!"
"She only left home because
you fell for that dreamy young libertarian!"
"You fell for him too!"

outcast princess, noble princess
your toes as pure as doves
roaming princess, righteous princess
your face like night's first moon

Salomé throws a lush glance at the person outside the phone box
shall we dance *sur les pointes*?
I think I've seen you before—on the cover of Playboy?
at the Mayflower Hotel (director: *Aristocratic smile!*)
let's have a drink at the bar, today let's get started early

the poor old king and queen are at home and their wits' end
Salomé's lover uses the chance to escape from prison
he heads home to meet up with an old flame
the king and queen finally decide to divorce
"This was all the moon's doing, Salomé!"

旧机器人

分赠伟棠、颜峻

"就让我容纳三分之一个宇宙"

"她已经旧了，
被用得太多，
应该给她上些机油。"

我说，没错。
我已经被用旧，
请给我一些机油。

对事情不再发议论，
在安静里继续安静。
她已经被用旧。

忽然想到海
并继续想，关于海；
有时候想到人。

OLD ROBOT

to Wei Tang and Yan Jun

"Just let me hold a third of the universe"

"She's worn out,
overused.
She needs some oil."

I say, too right.
I have been worn out.
Please give me some oil.

No longer offering opinions,
still quiet in the quiet.
She has been worn out.

But then, just like that, she thinks of the sea,
and keeps thinking, about the sea,
and, sometimes, about people.

一座灰色的小阁楼住着我们

一座灰色的小阁楼住着我们。
清晨，我们念悲伤的诗，因为
阳光正在蚕食这忙碌的城市，
属于我们的黑暗正在抛弃这片
干燥的土地。连河水也泛起
鳞光，连河水也抛弃我们。
我们躲在窗帘背后，把双手
用力地绞紧，绞紧……看，
嘴唇已经被咬得发白，阳光
快要照到我们身上。我们
念着悲伤的诗，紧闭上眼睛。

一座灰色的小阁楼住着我们。
正午，我们念痛苦的诗。痛苦
被锁在屋顶下面，因找不到
自己的影子而张大嘴巴，
缩成一团。我们互相厌憎，
似乎从来不是一对情人。
我和你，各自撕扯自己的
衣裳，各自钻进破旧的
安乐椅，在彼此的皮肤上
寻找肮脏的原由，却又不断
转过脸去，不愿彼此看见。

一座灰色小阁楼住着我们。
傍晚，我们念不成章法的诗。
身体已经疲惫，言语已经
失去意味。我们在安乐椅上
互相摇撼，我们不再相爱。
请为我买一罐糖浆，亲爱的，
请为我。不，亲爱的，请
不要这样。河水难道不仍在
窗下奔流吗？黑暗正袭来。
亲爱的，我们小小的糖罐
来不及看见自身，已经粉碎。

A GRAY ATTIC HOUSES US

A gray attic houses us.
In the morning we read sad poems because
sunlight is swallowing this bustling city.
The dark that is ours is renouncing this patch
of dry ground as we speak. Even the river is bursting
with glimmers of light, even the river renounces us.
We hide behind curtains, lace tight
our fingers, lace tight... Look,
our lips are clinched white beneath teeth, sunlight
is preparing to shine on our bodies. We
are reading sad poems, our eyes are shut tight.

A gray attic houses us.
At noon we read poems of suffering. Suffering
is locked in under the roof. It can't find
its own shadow so it opens its mouth
and curls into a ball. We detest one another
as though you and I had never been lovers.
We tear our own clothes
into pieces and nestle into worn-out
old armchairs and search for the causes of dirt
on each other's skin. But we keep
turning away, we don't want the other to see.

A gray attic houses us.

In the evening we read poorly-structured poems.

Our bodies are tired, language has lost

all of its flavor. We rock each other hard

on our armchairs. We no longer love each other.

Please buy me a jar of syrup, my darling,

Please, for me. No, darling, please

do not do that. Is the river not still rushing

outside the window? The dark is storming in.

My darling, it's too late for our little syrup jar

to take a look at itself, it has shattered.

我们乘坐过山车飞向未来

我们乘坐过山车飞向未来，
他和我的手里各捏着一张票，
那是飞向未来的小舢板，
起伏的波浪是我无畏的想象力。
乘坐我的想象力，他们尽情蹂躏
这些无辜的女孩和男孩，
这些无辜的小狗和小猫。
在波浪之下，在波浪的下面
一直匍匐着衰弱的故事人，
他曾经是最伟大的创造者，
匍匐在最下面的飞得最高，
全是痛苦，全部都是痛苦。
那些与我耳语者，个个聪明无比，
他们说智慧来自痛苦，他们说：
来，给你智慧之路。
哦，每一个坐过山车的人
都是过山车建造厂的工人，
每一双手都充满智慧，是痛苦的
工艺匠。他们也制造不同的心灵，
这些心灵里孕育着奖励，
那些渴望奖励的人，那些最智慧的人，
他们总在沉默，不停地被从过山车上
推下去，在空中飘荡，在飘荡中，
我们接吻，就像那些恋人，

那些被压缩在词典册页中的爱情故事，

还有家庭，人间的互相拯救。

如果存在一个空间，漂浮着

无数列过山车，痛苦的过山车……

WE BOARDED THE ROLLERCOASTER AND FLEW INTO THE FUTURE

We board the rollercoaster and fly into the future,
tickets pinched in his and my hands,
a sampan flying into the future
on the bouncing waves of my fearless imagination.
When they board my imagination, they trample with glee
over innocent girls and boys,
over innocent cats and dogs.
Under the waves, in the waves' underneath
crawls the frail storyteller. He has been crawling all this time.
He was once a great creator.
Those who crawl the lowest fly the highest.
It is all suffering. Everything is suffering.
Each of those who whisper to me is the cleverest person I know,
they say wisdom comes from suffering. They say:
here, I give you the road to wisdom.
Huh. The people on the rollercoaster
are the factory workers who build it,
hands full of wisdom, artisans
of suffering. They build different souls,
each bearing the rewards it engenders.
All those people who thirst for reward, those wisest of people,
never say a thing, constantly being hurled off the sides
of the rollercoaster, fluttering in the air, and while fluttering,

we kiss, as if we were lovers.

The love stories squashed between the pages of dictionaries,

and family, people's way of rescuing each other.

If there were a space with infinite rollercoasters,

floating suffering rollercoasters...

Long Verse

长诗

垃圾堆

荒村

垃圾堆

达尼罗·基什（Danilo Kiš）______著　　李金佳______译

达尼罗·基什（Danilo Kiš, 1935—1989）

达尼罗·基什，前南斯拉夫作家，生于匈牙利、罗马尼亚边境一个犹太家庭，童年时代在塞尔维亚的诺维撒德度过。第二次世界大战期间家庭遭受纳粹迫害，父亲死于奥斯维辛集中营，达尼罗随母亲流落匈牙利，备受艰辛。战后迁居南斯拉夫，五十年代中期开始创作小说和诗歌。六十年代迁居法国，任教于法国斯特拉斯堡大学、波尔多大学、里尔大学，讲授塞尔维亚语言和文学。1980年起定居巴黎，1989年病逝。主要作品用塞尔维亚语写成，包括：小说《家族的马戏》三部曲（1965—1972），短篇小说集《悼鲍里斯·达维多维奇》（1976）、《死者大百科》（1983），评论集《解剖课》（1983）等。《垃圾堆》一诗在基什生前从未发表，1992年作为遗稿，发表于贝尔格莱德普洛斯维达出版社印行的《诗和改写》中。

人的碎渣与动物渣：指甲毛发
女人的长发　在梳子的静电里曾经嚓嚓作响
用剃刀刮下的老茧　云母片
伤口的结痂　褐色苔藓
腿毛鼻毛耳毛
女用腋窝增香泡
鱼头
鱼尾扇面
鱼骨的双齿目梳
精光锃亮的鸡头
湿淋淋的黑色羽毛
抽抽巴巴的鸡爪上的蜡质鳞片
敲骨吸髓之后的骨头
打成结儿的家禽绿肠
针管一样的脊管
鱼泡的一对气球
苹果核儿
桃核儿杏核儿西瓜籽
樱桃核儿　好像一丸维生素
揉皱的复写纸　浑身解数
虫噬的烂水果　形如一块人肉
咬痕斑斑的樱木烟嘴塑料烟嘴琥珀烟嘴
烟嘴　被烟熏黄的一截手指头
蓝色双刃刀片蓝色刀片夹电车月票商标
电报单边缘的刺绣花边
沦落风尘的上浆花边
使空了的金色口红管儿　子弹壳

鸡蛋壳　无翅无尾的尖嘴魔鬼早已从中孵出

啤酒罐的易拉环儿

碎瓦片碎花盆

芦苇烂梗

雨伞的黑幡

阳伞的鸟骨

纸巾　印着嘴唇的亡痕

空纸袋　几粒晶体粘在褶子里粘在蛤蜊的舌头上

胡萝卜片　一圈圈年轮从心儿往外由绿变红

豆荚　撕裂的嘴

灯泡　火鸟之蛋（断丝）

证儿　上面写着没人信仰的十戒

发黄的套袖

真丝领带　如扯断的海藻

牙膏　挤扁的打卷的

瓶塞

月朦胧里拍摄的照片

烂得骇人听闻的康乃馨

郁金香水仙菖兰

百合　赋予这堆垃圾以墓地的庄严

钉子曲别针按钉大头针螺丝钉头发卡子

铜丝的棕色线圈

干掉的圆珠笔芯

尼龙长袜的蜘蛛巢城

中途离异的手套

绳头炉板瓷砖

破鞋敝履　恰如春草经行经绿

儿童画的青天白日　被雨水签名化为一幅杰作
花哨刺眼的书皮　诗歌缪斯的血污子宫
长齿发夹　咬合如鹦鹉的喙
泛潮的重绉纸
生锈的烂铁丝
铅笔刀卷下的铅笔花
掰开的核桃壳　鸟头的残骸
腐败的核桃瓤　人脑的沟回
麦管　套着窸窣的锡纸袜
牙刷　刷毛的根还留在塑料牙龈中
洋铁盒硬纸盒
小玻璃瓶　装阿司匹林片如同装蹦豆儿
牛奶瓶啤酒瓶可乐瓶
瓶儿　细嘴儿如水蛭
瓶儿　短笛长笛奥卡利纳笛
瓶儿　鱼一样开膛破肚
瓶儿　几条绿色伤痕
瓶儿　冒出酸酒味呕物味
瓶儿　塞着松果木塞像一只烹好的乳猪
瓶儿　瓶口染着墨水如同小学生的嘴巴
橘子皮　女人肩胛之间的那块皮肤
橘子皮　镶着里子疑似一只皮手套
面包皮　浸在脏水里被秃齿老人咀嚼过
挤了又挤的柠檬半球
苹果皮的弹簧
西瓜皮　黑头苍蝇叮过的马肉
香蕉皮　生吞活剥的那话儿

土豆皮　一片面包被慷慨地切下来了

红尘一绺儿

香烟的灰烬

压扁的烟头　好一窝白蛆在垃圾堆里孵化

避孕套　粘溜溜一袋里无数神奇在腐朽

碎盘子的瓷片　涟漪荡漾

揉烂的报纸　一月之前的某日

塑料有机玻璃

酒精棉球　上面脓血已干

牛角扣儿金属扣儿螺钿扣儿

棉纱　似乎刚从缝纫机上摘下来

月经带　绽放女性之花

创可贴　几根汗毛金上白下

诗（包括这一首）

信封　撕开了倾吐着一片红心

邮票　赤橙蓝绿青蓝紫

邮票　领袖诗人太空征服者昂首挺胸

邮票　被舌尖一舔就有粘性就很像有情人

邮票　集邮家一见准会欣喜若狂涂上防腐香料

邮票　打上戳的牲口

邮票　花边何其规则

邮票　鲜花盛开雄狮怒吼

邮票　额上刺着城市的墨印

邮票　标明了日期如无菌奶瓶指示着这堆垃圾的保质期

信　在车厢中垫在膝盖上写的

信　在笨重的打字机上由女打字员的纤纤细手打出来

（她唆净指尖上的黄油就热火朝天地干起来了）

信　出自某个孩子之手

信　出自一位老人哆哆嗦嗦的手

明信片　露天咖啡座里用圆珠笔写成

信　笺头是旅馆的鼎鼎大名

求爱信　被雨打成一出悲剧

小学生的笔记本　怎不好好保存以备晚年回顾

死亡证明书　没啥说的

生菜韭菜白菜绿色菜

茴香胡椒肉桂菜花根

苹果核儿（又来一堆）

丁香花束　烂的绚烂的烟鬼掏出的肺脏

破布条松紧带儿假领子

蜡染平纹手绢纱巾

玫瑰

玫瑰　入垃圾如入诗一样妙不可言

玫瑰　开始像人味儿似的臭不可闻

玫瑰　托载着一只苍蝇

荒村

奥利弗·戈德史密斯（Oliver Goldsmith）______著　白　凹______译

奥利弗·戈德史密斯（Oliver Goldsmith, 1730—1774）

奥利弗·戈德史密斯（1730—1774），散文家，小说家，诗人和剧作家，戈德史密斯出生于爱尔兰韦斯特米斯郡西基尔肯尼（Kilkenny West）。从都柏林三一学院毕业之后，在爱丁堡习医但始终未得到医学学位。1756年，到欧洲旅行并最终定居伦敦。在此，他成为一名作家并且和彼时的文学艺术界的翘楚结交，包括萨缪尔·约翰逊，詹姆斯·鲍斯威尔，乔舒亚·雷诺兹，和埃德蒙·柏克。

戈德史密斯的散文作品有《世界公民》（1762），小说有《威克菲尔德的牧师》（1766），戏剧《良善之人》（1768）和《屈身求爱》（1773），诗集有《旅行者，或，社会景观》（1764），《为一只疯狗之死所作的哀歌》（1766）和《荒村》（1770）。

平原上甜蜜的奥伯恩，最可爱的村庄，
那儿健康和充足曾鼓励劳动的小伙，
那儿微笑的春天最早拜访，
迟迟不肯离开夏日的繁花，
纯净而惬意的凉荫，
我青年的座位，当有活动取乐，
我曾多么经常地游荡在你的绿地，
微小的欢乐活跃在每一幕场景！
我曾多么经常地停驻在每一个迷人之处，
遮蔽的小屋，耕种的农田，
永不低落的小河，忙碌的磨坊，
庄严的教堂坐落在旁边的山顶上，
山楂林，凉荫下的座位，
为倾诉衷情的恋人预备！
我曾经多么经常地祈望将来的日子，
当休歇的农务把它的闲暇借给游戏，
所有村民，因为农闲，
在到处的树下开始他们的活动，
许多消遣围绕在树荫下，
年轻人吵嘴老年人看；
许多比赛在地上闹腾，
艺术的轻快和健力的技艺随处可见；
等到重复的乐趣厌倦了，
喜庆的乐队来鼓舞随后的活动；
舞蹈的搭档靠把两个人
跳到累趴下获得声名；
小伙一点也不为他的脏脸卑怯，

当从暗处传来笑声；
害羞的闺女惹人疼爱的侧影
大妈看一眼也要嫉妒！
这些都是你的迷人之处，甜蜜的村庄；
这些甜蜜的活动，教老实的农人取乐；
他们的欢乐萦绕在你的树荫下，
这些都是你的迷人之处——但都不翼而飞。
甜蜜的微笑的村庄，平原之上最为可爱，
你的活动都消失了，你所有的迷人之处都；
在你的凉荫间看见了暴君的手，
荒芜让你遍地含悲：
唯一的主人权柄在手，
你微笑的平原缩减了一半的耕田；
你玻璃似的小河不再映照天日，
而是，被莎草阻塞，流过它杂草丛生的河床；
在你的林间，一个孤独的寓客，
空鸣的麻鸭守护着他的巢穴；
在你冷清的野径上田凫飞翔，
厌倦了单调的叫声。
你的树荫倾倒了，横七竖八，
长草在颓圮的墙头摇曳，
毁坏者的手让你的孩子们颤抖，
畏缩，远远逃离了这片土地。
不幸侵袭这片土地，使
财富积聚，民生凋敝的地方成了加速疾病的猎物：
亲王勋爵可能发达，也可能破落，
一口气就可以让他们如此，正如一口气已经如此；

但勇敢的农人，他们乡村的骄傲，
一旦被毁，永远也不能恢复。
英格兰的悲伤还没开始的光景，
那时每一路德的土地都供养着它的主人；
他轻松的劳动分配到她有益的储藏，
只给生活所需从不多给：
他最好的伙伴，纯朴和健康；
和他最好的财宝，富裕的漠视。
但时代变了；商业无情的行列
掠夺土地，放逐农人；
在平原，分散的村庄升起的地方，
囤积着笨重的财富和繁复的排场；
每一份匮乏与奢侈结盟，
每一份痛苦便由愚蠢支付给骄傲。
充足让那些曼妙的日子绽放，
那些平和的欲望诉求但绝不过度，
那些健康的活动让安逸的场景生辉，
让人们观赏，并且激活了平原；
那些远走的人在寻找一个更友善的国度，
故乡的欢乐和习惯不再。
甜蜜的奥伯恩！幸福时光的母亲，
荒芜的林地见证了暴君的威力。
当我独自逡巡
在你交错的野径，和废弃的土地，
很多年过去了，重访
小屋所在，山楂树生长的地方，
回忆长长的行列苏醒了，

让我心潮澎湃，忧从中来。
在我漫步关心的世界，
在我所有的悲伤——神让我分担——
我仍然怀着心愿，我能
去那些寒伧的树下坐几个钟头。
好好享用行将熄灭的生活之光，
不要让光焰白白耗尽。
我仍然怀着心愿，因为骄傲与我们相随如故，
在小伙子中间展示我从书上学来的本领，
我的炉火总是吸引着夜晚一群人，
说我所感到的，我所看到的；
正如猎狗和猎号追赶的一只野兔，
奔命到它第一次逃出的地方，
我仍然怀着心愿，我漫长的忧惧过去，
要回到这儿——最终埋在故乡。
哦，被祝福的休退，生命衰朽的朋友，
抽身而退从并不必要的操心中，
他将会何等愉快，在那些凉荫下
一个劳碌的青春接着一个轻闲的老年；
退出强大的诱惑伸展的世界，
因为战争艰难，要学着去飞翔！
他不是懒汉，生下来就要工作和哭泣，
探寻矿藏，或者冒险进入危险的深洞；
没有板着面孔的门房替罪恶把门
将求告的饥馑拒之门外，
但是当他走向他后来的结局，
天使环绕着以德为友的朋友；

屈服于不易察觉腐烂的坟墓，
当顺从驯服地走上这条路；
他所有的预期都照向最终，
他的天堂出现在这个世界成为过去之前！
甜蜜的是声音，经常在夜晚合眼之后，
山上村庄里低音才露面；
那儿，我迈着粗疏而缓慢的步伐走过时，
杂糅的音符自下方袅袅升起；
小伙和挤奶姑娘对歌，
慈爱的牛群哞哞叫着靠近它们的幼崽，
喧闹的鹅在水池上强聒不舍，
嬉戏的孩子们刚刚放学，
看门狗吠着低语的风，
大声的说笑出于无心，
所有那些甜蜜的杂乱寻找影子，
并且充满夜莺的每一停顿。
但现在人群的声音陨落了，
再没有欢乐的低音在风中起伏，
再没有繁忙的步履踏过长草的道路，
因为生活的花期已过。
除了那个寡妇，一个
单薄的身影佝偻在潮湿的河边；
她，可怜的老妇，年纪大了，为了生计，
采水上散布的水芹，
捡她的冬柴在荆棘丛里，
寻她夜里的宿处，哭泣到天明；
她没有做过什么坏事，

伤心原上的苦命人。

那个灌丛边，花园一度含笑，

园中的繁花依旧怒长；

那儿，几株蕃盛的玫瑰显露

在乡村牧师整洁的宅院里。

他是一个全村都敬爱的人，

一年攒四十镑的年金；

他带着他虔诚的家族远离城镇，

不曾改变过，也没有企望过改变他的位置；

他不善于巴结，或者趋炎附势，

被教义引导着度过变幻的时光；

他的心已经学会看淡其他目标，

更善于救助而不是增加可怜人。

他的府邸所有乞丐都知道，

他责备他们的游荡又减轻他们的痛苦；

经常想起的乞丐是他的客人，

那人垂下的胡髭扫在年迈的胸前；

破落的纨绔子，如今不再跋扈，

声言和这儿有亲，而且他的声言也被承认；

伤残的士兵，恳请收留，

坐在炉边，长夜漫谈；

哭诉他的病痛，或者，悲惨遭遇，

把拐放在肩头，讲述战场怎样取胜。

为了让客人高兴，这个好人学着喜形于色，

完全忘记他们凄凉中的罪孽；

不管他们的功德，也不看他们的错误，

他施与怜悯先于行善。

因此救助这些可怜人是他的骄傲，
甚至他的短处也倾向“道德”的一边；
但每一次请求都提醒他的职责，
他看到并且哭泣，他祈祷并且体会，对所有人。
正如一只鸟每一深情的爱示都在试图，
鼓励它羽翼新丰的后代飞上天空；
他尝试每种艺术，谴责种种懒散拖沓，
指示光明的世界并且引路。
这张床离开的生命曾被安置，
悲哀的，有罪的，痛苦的，也有绝望的
旁边站着可敬的守护者。经过他的努力
丧气和苦恼逃离了振作的灵魂；
安慰降临失措的可怜人重又站起，
他用蹩脚的土语低声鼓励。
在教堂，他的眼神以温和
和天然的优雅装饰这个庄严的地方；
真理从他的唇间流出赋有双重权威，
愚人，前来嘲笑，也做起祷告。
礼拜毕，这个虔敬的人周围
老实的乡下人带着不变的热忱赶来；
甚至连孩子们也跟着，带着可爱的企图，
拉他的长袍，分取这个好人的微笑。
他的微笑表示一个父亲的温情，
他们的幸福让他开心，他们的麻烦让他难受：
给他们他的心，他的爱，他的担忧
但他所有严肃的思考都停留在天堂。
正像巉岩兀自高悬，

下临山谷，风暴半山，
虽然山腰云雾缭绕，
永恒的阳光盘桓峰顶。
稀稀落落的篱笆镶在道沿，
还有开得不亦乐乎的荆豆花，
那儿，在他不寂的屋舍
乡村教师得心应手地教着他的小学校；
他是一个严厉的人，眼神犀利，
我知道得很清楚，每个旷过课的也知道；
敏锐的战栗者已经学会侦察
一天的灾难从他早晨的面孔上；
他们满脸挂笑，带着假欢喜，
对他所有的笑话，因为他有许多笑话：
低语忙传了个遍，
当他皱眉意味着事情不妙；
然而他是善良的，即使严厉过分，
失误的也是对学问的爱；
村子里到处传他知道多少东西；
确定无疑的是他能写，也会算；
他能量地，算账，推知汛期，
甚至还有传言他能摆弄仪器。
同样争论的是，牧师拥有他的技能，
即使战败，他还依旧争论；
上课期间的话语和雷鸣般的声音，
让簇拥观望的乡里人目瞪口呆；
他们仍旧观望，奇迹仍然存在，
一个小头能装进所有他知道的。

但他的声名已成过去。这个地方
他很多次取胜，已经被忘记。
在那棵树冠高擎的刺槐旁，
招牌一度吸引着路人的目光，
低挂在买黑啤酒的房子外，
那儿灰胡子的乐翁和笑着的劳工休息，
那儿看起来见多识广的乡村政治家高谈阔论，
流传的新闻比啤酒的年岁还要大。
请温情地回想
那个地方节日期间的光辉景况；
刷新的墙壁，抛光的地板，
锃亮的钟表在门后咔嗒；
这个柜台能当两个用，
晚上是张床，白天是个抽屉柜；
这些画张放着既是装饰也有作用，
十二条守则，皇家鹅戏挂图；
壁炉前，除了冬天寒冷季节
放山杨木，其余时节摆花束和怡人的茴香；
打破茶杯，也细心收敛，
粘在烟囱上，亮闪闪一排。
徒劳的一刹光辉！全不能
延缓这片飘摇小店的倾覆！
它悄然崩垮，再不能给予
穷人的心多一小时的温存！
那儿再没有农民去
把日常的烦忧甜蜜地忘却；
再没有农民的新闻，理发师的轶事，

再没有伐木工的小曲传唱；

再没有铁匠应该清洗的黑额，

放松他粗壮的躯体，靠着倾听；

店主人再不会被人看见

细心地四处巡查一片喜乐；

也没有忸怩的姑娘，半推半就，

呷一口杯子再把它交给其他人。

是！让富人嘲弄，傲人鄙视，

这些卑贱者的快乐；

对我来说更亲近，更合我心意，

一点本乡的魅力，比艺术的所有光彩；

“自然”释放出来的天然快乐，

灵魂首先接受，和承认它们的统治；

他们酣畅地取乐，

没有妒忌，没有干涉，没有拘束。

但冗长的宴会，午夜的化妆舞会，

联合着所有糜烂奢侈的荒唐事；

浪荡子希望能有所获，

把劳动之乐看成痛苦病疾；

甚至当时尚最闪亮的艺术魅惑，

犹疑的心在问，这是否是欢乐？

真理之友，见证了富人欢乐增多，

穷人欢乐减少的政治家，

交给你来判断，富贵之地

与幸福之地的边界是多么宽泛。

“骄横”装载着矿石航行在风浪上，

呼喊的“愚蠢”从她的岸边向他们挥手；

聚敛甚至超过吝啬鬼渴望占有的，
富人从全世界麇集相会。
然而数一数我们的收获。富贵只是一个名头
对我们有用的产品还是那些。
损失却不如此。富贵骄横之人
挤占穷人的空间；
他的湖要地，他的花园越过地界，
他的马，马具，猎狗要地：
把身体裹进松垮丝绸的穿袍人，
家财暴涨多半靠的是抢夺邻人的土地；
他的座椅，坐在那几乎看不见有人活动，
凶神恶煞地把屋舍从绿地上驱走：
在这个世界上必需的产品消失了，
这个世界供应的全是奢侈品。
所以当这块土地被娱乐装饰，也就
在贫瘠的豪华中虚弱地等待衰败。
正如天生丽质的女子，
纵情取乐当青春证实了她的统治，
轻视穿着打扮借予的魅力，
也不动用眼睛征服的艺术。
但当那些魅力都已成过去，因为魅力是脆弱的，
当时间催行，情人寥落，
她芳华已逝，热心求祷，
做着所有炫目但无用的打扮。
土地也遭遇了奢侈的辜负：
自然最淳朴的魅力最先展现；
但濒临没落，它的繁华崛起，

它的景观出世，它的宫殿惊人；
在微笑的土地上被饥荒折磨
的不幸的农民领着他可怜的羊群；
当他倒下，没有一个胳膊来救他，
乡村开着花儿——花园，坟墓。
哪里，啊哪里，穷人能住，
避得开相邻的豪富的压迫？
如果走到公共的没有围栏的地界，
他赶着他的羊群去吃稀疏的草叶，
那些没有围栏的地由富家子弟划出，
有时甚至连光秃秃的公用地也没有。
如果来到城市——什么在那儿等待他呢？
去看与他无关的繁华；
去看一万种罪恶扭结的艺术
去伺候奢侈，削弱男子气概；
去看那些娱乐之子知晓的
从他的同胞的悲哀中勒索出来的欢乐。
当这儿的贵族穿着锦缎光彩照人，
那儿苍白的艺术家施展着病态的伎俩；
这儿当骄横之人显摆他们拖沓的排场，
那儿黑色的绞架在路边晦暗。
“娱乐”掌握午夜权柄的穹顶下，
这儿，富丽堂皇，涌入俊俏的行列；
喧哗的衣冠拥挤在炽热的广场，
辚辚的马车驶过，火炬照耀。
再没有烦忧来搅扰这些场面！
这些代表着一种共同的欢乐！

这些是你严肃的想法吗？啊，把你的眼睛转向
那个贫困无家瑟瑟发抖的女子躺的地方。
她一度，也许，在充满福佑的乡村，
为天真的伤心故事而哭泣；
她羞涩的面容让小屋变得
甜蜜像荆棘丛中隐现的迎春：
现在全都失去了；她的朋友，她的贞操，
她躺在背叛者的门前，
因为寒冷而蜷缩，因为风雪而抱身，
沉重的心诅咒着不幸的时光
当初少不更事，想要看看城市风光，
她丢下了她的纺车和乡村的棕色裙袍。
你，甜蜜的奥伯恩，你的最可爱的行列，
你的美丽的后代重复着她的苦难？
现在甚至，可能，被寒冷和饥饿领着，
她们骄横之人的门前乞求一点面包！
啊，不。去遥远的地方，一个苦闷之地，
闯到另一个半球，
他们晕眩的步伐穿过大片灼热的土地，
那儿原始的奥特玛对他们的悲哀喁喁。
那儿远远没有原来的地方怡人，
不善的海岸有着各样的恐怖；
那些炽热的日头投出向下的射线，
猛烈地照出难以忍受的白昼；
那些旺盛的林中鸟儿忘了歌唱，
但沉寂的蝙蝠倒挂在睡着的枝柯；
那些有毒的土地布满植物，

黑蝎子聚集在死亡周围；
陌生的来客每一步都害怕惊动
歹毒的蝮蛇嘶嘶的恐怖；
潜伏的老虎等待着它们不幸的猎物，
还有土著，比它们更加凶残；
当疯狂的旋风席卷，
大地和天空狼藉一片。
这些远远不像从前的风景，
清冽的小何，如茵的草地，
啭啾的树林习风轻吹，
只荫蔽无害的幽会。
美好的天堂！什么悲伤让从前的日子黯淡，
叫他们背井离乡；
当穷人迁徙，种种快乐都消失了，
在他们的凉荫底下走走，深情地看最后一眼，
长长地告别，奢想
在大西洋的对岸还有这样的坐处；
战栗着面对浩瀚的深海，
回到家里哭泣，哭了又哭。
硬朗的老头第一个准备去
新大陆，他也哭泣为别人的遭遇。
但对于他自己，意识里是勇敢的美德，
他向往坟墓以外的任何地方。
他可爱的女儿，因为流泪更加可爱，
他无助的年岁里的温柔陪伴，
往后是寂寞，再看不见她的小鸟依人，
托付给爱人的手臂代替父亲。

这位母亲大声哭诉着她的不幸，
为这座升起过种种快乐的小屋祈福；
流着眼泪亲吻她的不懂事的宝贝儿，
紧紧搂抱着他们，用双份悲伤的爱；
她的丈夫希望借沉默的
男子气概减轻哀愁。
哦奢侈！你被天堂的律法诅咒，
多么邪恶这些东西被你交换！
你的毒药，带着阴险的快乐，
分送它们的快乐只是为了破坏！
你的王国，病态地扩大，
炫示并非它们所有的夸张力量。
毒药喝得越多，它们变得越大，
庞大的群落陷入沉重的悲哀；
直到耗尽它们的能量，每一部分摇摇欲坠，
它们倒塌，垮成一堆废墟。
现在毁灭已经开始，
坍塌已经至少一半；
现在，在我看来，当我站在这思忖，
乡村的美德正离开这片土地：
抛锚的大船张开风帆，
慵懒地等待着海风的鼓吹，
他们下船，一群愁苦的人，
穿过海滩，染黑了整个海岸。
满足的劳作，妥帖的照料，
还有恩爱的夫妻；
怀着高尚希望的虔诚，

不变的忠心，还有坚定的爱。

还有你，甜蜜的“诗”，你最可爱的女子，

当官能快乐入侵时第一个飞走；

不能适应羞耻的这些堕落时光，

去抓住心，或者为了诚实而现身；

亲爱的迷人的宁芙，被轻视被责难，

在人群中是我的羞耻，孤独是我的骄傲；

你我所有幸福，所有悲哀的源头，

最初发现我的贫穷，但依然护佑我；

你用更高贵的艺术指导我，

你培养我每一种美德，你都具有！

再会，哦你的声音被听见

在托诺峰，或者帕姆巴莫卡的山中，

无论灼热异常的赤道，

或者冰雪覆盖的两极，

让你的声音在时间中流转，

改变恶劣气候的严酷，

援助孱弱的真理用你雄辩的语调，

教犯错的人摒弃获得的狂暴，

教他，固守本土的人，

虽然非常贫困，仍然可能非常幸福；

贸易的赫赫帝国行将速崩，

正像海洋冲决辛苦营造的堤坝；

然而依靠自己的力量可以无视时间

正像礁石抵抗着海浪和天空。

Special Feature: Ukrainian Poets

乌克兰诗人特辑：“家仍有可能在那里”

远　洋____译

“乌克兰着火了，我们是紧绑成捆的小麦”

——旅美诗人瓦西里·马赫诺的诗

瓦西里·马赫诺（Vasyl Makhno, 1964— ）

瓦西里·马赫诺，乌克兰诗人、散文家、评论家和翻译家。他出版过14本诗集：《斯凯玛》（1993）、《凯撒的孤独》（1994）、《山与小时》（1996）、《鱼鳍》（2002）、《关于纽约及其它38首诗》（2004）、《科妮莉亚街咖啡馆：新诗与选集》（2007）、《冬季书信》（2011）、《我想成为爵士和摇滚》（2013）、《自行车》（2015）、《耶路撒冷诗》（2016）、《纸桥》（2017）、《诗人、海洋和鱼》（2019）和最近的《一座帆船屋》（2021）。他还出版了短篇故事集《诱饵谷的房子》（2015年）、长篇小说《永恒的日历》（2019年）和《格特鲁德·斯坦因纪念文化休闲公园》（2006年）、《丰饶之》（2011年）、《郊区与边疆》（2019年）、《沿着海洋骑车》（2020年）四本散文集。马赫诺的作品被广泛翻译成多种语言；他的著作曾在德国、以色列、波兰、罗马尼亚、塞尔维亚和美国出版。他将兹比格涅夫·赫伯特（Zbigniew Herbert）、雅努兹·舒贝尔（Janusz Szuber）、博丹·扎杜拉（Bohdan Zadura）和安娜·弗拉利希（Anna Frajlich）的诗歌从波兰语翻译成乌克兰语，并编辑了一本20世纪90年代乌克兰年轻诗人选集。他是利瓦利夫基金奖（2008）、塞尔维亚国际波维尔莫拉夫诗歌奖（2013）、BBC年度图书奖（2015）和国际乌克兰—犹太人文学奖“相遇”（2020年）的得主。目前他和家人居住在纽约。

战争

主啊，蒂奇纳这样写道：
“还有别雷、布洛克、叶赛宁”
他们这样包围我们
在四面八方

赐予我们意志和力量
一只匆忙装好的手提箱，面包
自然，他们这些狡猾的狐狸会撒谎
说我们既没有盾牌，也没有历史

伊戈尔带我们去某个地方
越过黑帮老大和他的军团
今天下着二月雪
明天带着血腥的盾牌

他们的黑暗力量来自特穆塔拉坎
还有莫克萨斯和楚德
在我们的地点射击
瞄准我们的阵地

那么，《伊戈尔远征记》里有什么
古代声音里有什么
你们——光着脚像狼一样蹦跳
喷溅魔鬼的唾沫

抵达河流和边境
触痛我紧绷的心
你被污黑的圣像
用牛奶也不能清洗干净

主啊，蒂奇纳这样写道
基辅——弥赛亚——这个国家
为什么，我们不曾把那些诗记在心里？
流血——我的心——在流血

关于一座桥的歌谣

他们告诉我们，桥那边
俄国纵队摇着尾巴
战争的狼狗正在逼近
在海上步兵营的命令下
桥被炸毁——战争就是这样
现在，我们的生活就是这样

因此，这是我们的权利，这是我们的诗
警报齐鸣——兵团行进
泥土大地散发着
我们的黑钙土和赫尔松大草原的气息
流出的鲜血会在整个春天里生长
甚至，在灰烬上开花

但今天，在四面八方和所有民族
在男人们手中，武器冰冷
血液搏动——战斗，战斗
一个水手在桥上放置炸药
对于拥有果园和树林的
乌克兰，那座桥
具有战略重要性

自然，他跑到桥底
不吝惜他的心脏和双腿
他跑起来像狐狸，也可能像狼
报告说，桥炸毁了
阻止了前进——俄罗斯战争狼狗
你们，不得不停下脚步

当那座桥像电线一样断掉
天国大门的铰链嘎吱作响
他们，就他妈的过不去了
那个水手把脸贴在地上
就好像在倾听地下小河的声音
和第聂伯罗礼拜的管风琴

我说：我们今天的诗就是这样
我们不是城市，而是营和团
乌克兰着火了
我们是紧绑成捆的小麦
我们的血液将在田野和草地上生长
因为，万物在春天生长

“所有希望都已破灭”

——八零后哈尔科夫女诗人阿纳斯塔西娅·阿法纳西耶娃诗选

阿纳斯塔西娅·阿法纳西耶娃（Anastasia Afanasieva, 1982— ）

阿纳斯塔西娅·阿法纳西耶娃，诗人，翻译家，生于哈尔科夫，是一名医学心理学家，LitKarta的编辑，著有《贫穷的白人》（2005）和《声音说》（2007）等六部诗集。她获得了很多奖项，其中包括处女作奖（2003），俄语诗歌奖（2006）。她的诗被翻译成英语、德语、意大利语、乌克兰语和白俄罗斯语。《西马隆评论》和《圣彼得堡评论》等刊物都有她诗歌的英文译本。她是伊利亚·卡明斯基的《风之乐》（2012）一书的译者。

那是我的家……

1

那是我的家。
那里有一座桥。
现在没有了。
那是我的家。
那是我的院子。
它还在那里。
有一座桥的地方，
有一条河。
没有更多的桥。
那里曾经有一个隘口，
那是一条路线。
我们住在那里，
在战线上。
在魔鬼的肚子里，
就是那里。

2

我回来了
花了很大功夫
才把大家都救出来
我有一个大家庭

我的父母老了
然后是我的
哥哥我的妹妹我的
怀孕的女儿
我把他们都弄出来了
离开那该死的房子
想象一下
有一条河
那里曾有一座桥
现已被摧毁
在河这边，这些人
在河那边，那些人
不管他们是谁
在他们之间，我们的房子
我走了那么多路
往返
为每一个人
我差点没把他们弄出来
一个大家庭
这些人在一边，那些人在另一边
这座房子矗立着，像影子
即使铅弹穿透墙壁
房子扭曲横梁
以便它能避开子弹的冰雹
它左右扭动
我付出了什么，一个女人
把他们都救出来

你无法想象
一个接一个
从野兽肚子里挖出来
每次回来，
深入这一切，
不知道
是否会有办法
但我把他们都弄出来了
现在我的女儿
是的，怀孕的那个
她说她想回来
她明天就回来了
她在那里有朋友
一个她爱的男人
看，他呆在后面
带着爱，嗯
你知道爱是怎样
伴随着那些年轻人
你知道他们的感受
一切为爱

之后还会有诗歌吗？

在亚辛努瓦塔、戈尔洛夫卡、萨维尔－莫吉拉、新阿佐夫斯克
之后，
在克拉斯尼－卢赫、顿涅茨克、卢甘斯克
之后
在把僵卧的遗体从垂死者中分拣出来
之后
饥肠辘辘的人漫步
很久之后
诗歌变成“自闭症患者的喃喃呓语”
嘴唇在黑暗中蠕动
我问
半梦半醒
是诗的可能性吗
此时此刻，历史在激荡
它的脚步曾一度
回响在每一颗心？
不可能再说别的了，
谈话变得不可能。

当我写这些
离我很近的事情，
所有希望都已破灭。

大战在即 —— 来自顿巴斯战场的诗人鲍里斯·古梅纽克诗选

鲍里斯·古梅纽克（Borys Humenyuk, 1965— ）

鲍里斯·古梅纽克出生于捷尔诺波尔州的奥斯特里夫，是一位诗人、作家和记者。他积极参与了 2013 年乌克兰的尊严革命。自 2014 年以来，他一直参与乌克兰顿巴斯地区的反恐行动。他现在一个自发组织的以志愿者为主的部队服役。

马里乌波尔附近一棵老桑树……

马里乌波尔附近一棵老桑树
从没见过这么多男孩
男孩们采摘她的果实，男孩们在树枝上跳舞，
最小的男孩攀爬
到最顶端。

火箭筒，机关枪，狙击步枪，头盔，防弹背心
都小心地放好了。

男孩们笑着，互相骑在背上，
脸上都是桑椹汁
有时是故意的——看起来
像好莱坞电影中的角色。

火箭筒，机关枪，狙击步枪，头盔，防弹背心
都小心地放好了。

在地平线那边，一些迫击炮开始工作
发出一种有趣的声音："一，二，三，""一"
就像年轻情人在敲女孩的窗户。
一群乌鸦尖叫着飞上天空
但也许那些不是乌鸦，也许
那是空中一团团泥土，被爆炸翻出来的。
孩子们抛弃了那棵老桑树

让它在独舞中旋转
变成了成年人。
他们疾飞而去，准备就位
在地平线那边，大地向天空呼喊
天空摇晃起来。

老桑树
在路边等她的孩子们
但是没有人来摘她的果实。
它落在地上，像血泪。

火箭筒，机关枪，狙击步枪，头盔，防弹背心
压在下面的草
都直起来。

当月亮在天空升起
老桑树
踮起脚尖，像个女孩
试图越过地平线翘望
男孩们，你们在哪里？

遗言

今天我们又在挖土
这片可恶的顿涅茨克土地
这片陈腐的、石化的土地
我们强迫自己去做
我们躲在里面
还活着

我们躲在它后面
静静地坐在里面
就像母亲背上的小孩
我们听见它的心跳
它疲惫的呼吸
我们是温暖和舒适的
还活着

明天我们将死去
也许我们中的一些人
也许我们所有人

别把我们从这片土地里夺走
别把我们从母亲身边夺走
别把我们的遗体从田野里捡起来
别再想让我们复原
还有——我们恳求你——不要竖十字架

纪念碑或纪念牌
我们不需要
因为它不是为我们准备的
你们为自己竖立这些纪念碑。

别铭刻我们的名字，
只是记住：
在这片田野上
在这个土地上
乌克兰士兵躺着
而——这就是一切。

别把我们送回父母身边
我们不想让他们看到我们这个样子
让我们的父母记住我们孩童时
淘气的小男孩
带着弹弓和擦伤的膝盖
成绩单上的不及格分数
衬衫上塞满邻居家果园里的苹果
让我们的父母相信我们总有一天会回来
我们在某个地方

别让我们回到妻子身边
让她们记住我们英俊
作为很受女人喜爱的男人
只属于自己的妻子
让她们记住我们温暖的吻
我们爱的拥抱
别让她们碰我们冰冷的额头
我们的冰冷的唇

别把我们送回孩子身边
让我们的孩子记住我们慈祥的眼睛
我们的微笑
我们的手
别让我们孩子的嘴唇
触碰我们冰冷的手

在这些战壕
今天我们临时的家
明天我们的坟墓中
埋葬我们

我们不需要悼词
在战斗后的寂静中。
它们总是看起来很奇怪——
就像打一个死去的士兵
然后命令他站起来

我们不需要葬礼
我们知道我们的位置
只要用泥土覆盖我们
然后继续前进

要是有块田野就好了

黑麦摇曳

一只云雀从头顶飞过

还有——天空

无边无际的天空——

你能想象，战士们躺着的田野

粮食会丰收吗？

要记住我们，吃来自田野的粮食

我们在那里献出生命

如果那里有草地

和许多花也好

每朵花下都有一只蜜蜂

还有晚上来的恋人

编织花环

做爱到天明

白天，让新父母

带上年幼的孩子们

别阻止孩子们来找我们

但这将是明天

今天我们仍在挖土

这珍贵的乌克兰大地

这甜蜜温柔的大地

用一把士兵的铁锹，在它的身体上

我们写一首诗

还活着的

最后一批诗人的

最后一首乌克兰诗

“雨点敲击战鼓，泥浆覆盖前线”

——八零后女诗人卡特琳娜·卡列季科诗选

卡特琳娜·卡列季科（Kateryna Kalytko, 1982—　）

卡特琳娜·卡列季科出生于文尼察。她是一位诗人、小说家和翻译家。她出版了六本诗集和一本小说。她的诗出现在许多乌克兰文学选集中，被翻译成英语、波兰语、德语、希伯来语、俄语、亚美尼亚语、意大利语和塞尔维亚语。她将波斯尼亚、克罗地亚和塞尔维亚的作品翻译成乌克兰语，曾翻译过阿迪萨·巴希奇（Adisa Bašić）、内纳德·韦利科维奇（Nenad Veličković）和米延科·耶尔戈维奇（Miljenko Jergović）等作家的作品。2014 年，她因翻译耶尔戈维奇的作品而获得隐喻奖。她获得了许多文学奖学金，其中包括 2015 年的中欧常驻作家奖学金。她也是“插曲”（Intermezzo）短篇小说节的创始人，这是乌克兰唯一一个专门为短篇小说举办的节日。

家仍有可能在那里……

家仍有可能在那里，在他们晾衣服的地方，
床单上有风和梅花的香味。
这是第一次亲密的季节
完美，永不会重复。
每片叶都变成绿叶
生命的哭喊推翻黑夜，找到韵律。

这个季节脆弱如锡纸，杏子刚成形
与战争和婴儿，在同一勺空气里，
在沉闷的卧室或寒冷中，流浪者
乞求进入，像盛开的水母，或漂泊的花朵。
四月霜冻捕捉白眼尖爪的猎物，
但婴儿有同样长绒毛的皮肤保护。

它们的不同之处在于如何破碎
当它们倒下时，或被彻底击垮时。
墙后，一个醉醺醺的独臂邻居在房屋周围
跌跌撞撞走来走去，
混淆了所有时代，他的肩膀
撞上一战的金属拐杖
纸板做的苏联头盔，
还有一尊男人肖像，其眼神如机关枪开火，
挂衬衫的衣架，只剩一只袖子。

所以它们会倒下，变成碎片和命运
树枝裂开，果实暴露在风中。
颈部感觉被挤压，在狭窄的咽喉部
时间静止，芥子气从沟渠里渗出。

这一切只是被遗忘的游戏，我们在后院玩的，
躲在外面晾的衣服里
世界每时每刻都变得更脆弱，
　　　　　当你突然拥抱
透过衣服——你不知道是谁，
　　　　　不管你是找到还是丢失。

战争躯体胀裂，侵入一颗开花的心
因为寒夜我们没让它进家里取暖。

他写信

他们在地球上被厌恶，被遗弃

在云中。

——尤里·安德鲁霍维奇

妈妈，你连一张照片都没寄给我
我都快忘了你的脸长什么样了。
你会哭的，我知道，我给你带来痛苦
但每个烦恼只是一丁点血斑
在星期日的礼服上。

生活就像路边的房子，
旧世界风格，像我们的农舍，分为两部分。
在一间，他们清洗死者遗体，哭泣。
在另一间，打扮新娘。

妈妈，我要你做一个梦，在梦里我会来，
坐在更亮堂的地方。

你哭得太厉害了，妈妈，你不停抽泣。
我看不清你的脸，但脸无关紧要，
你的头发，我还记得，有股矢车菊的味道。

他们都想从我们这里得到什么，一直在搅动
军队的蚁巢，在这个烂鱼般的国家里。

我给安德鲁写了一封深情的长信，
但没有收到回复，也许我弄错了地址。

此前，安德鲁写信说：他是如何记住爸爸
从镇上带回的太妃糖味道，还有我们的房屋后面
湿滑的沟壑。彼得，他说，如果我们回来，
将会在担架上。
妈妈说得对——我们本该继续当渔民。

雨声敲着战鼓，泥浆覆盖前线。
我们在云层下，无望地沿河行进。
我什么都忘了，好像记忆都已漏光。
……妈妈，那个叫哈菲亚的女孩还在教堂唱诗班唱歌吗？

“我以蒲公英种子的形式飞走”

——卢甘斯克隐士诗人瓦西里·霍洛博罗德科诗选

瓦西里·霍洛博罗德科（Vasyl Holoborodko, 1945— ）

瓦西里·霍洛博罗德科出生在卢甘斯克州的阿德里安诺皮尔。1965年，由于他所谓的反苏观点和拒绝与克格勃合作，被大学开除。他一直从事矿工、建筑工和农民的工作。1988年，随着政治气候的变化，霍洛博罗德科出版了几本诗集，得以继续他的大学学业。他的作品成为学校教材，已被翻译成英语、葡萄牙语、波兰语、德语和其他语言。他是几个奖项的获得者，其中包括舍甫琴科奖（1999），这是乌克兰最高国家文学奖。他隐居在乌克兰东部卢甘斯克。

我以蒲公英种子的形式飞走

我知道无法乘飞机从这里逃离——
你必须能自己飞。
家里有猫，很多猫，
从整个社区聚集而来
（它们是怎么察觉到我要离开的？）
不是我们的猫，而是野猫，
虽然没有猫会发疯。
猫是对我飞行的警告和威胁，
像对一只鸟，
它们注意到我胸口有个红点
像红雀的，
所以我不得不以蒲公英种子的形式逃走：
我离开房子去寻找开阔的空间，
经过我的花园，来到街上
飘向
一个非常遥远的方向——
现在狂风
将带我逃，逃吧！

龙山堡

遍布乌克兰，
在每一座城镇和村庄周围
高高的墙在风景中矗立，
传说里称它们为蛇。

陶器历史学家——考古学家——研究
它们属于哪里
甚至放射性碳年代测定法
也不能确定它们的年龄；
如果我们不能确定日期——
如果我们不能了解这些山堡的年代，
那么它们在这里的时间
必定和乌克兰人一样长。

那些墙被称为蛇，因为
从前
神圣的铁匠库兹马和德米安
把龙套在犁上；
这样的耕作使蛇墙矗起。
除了龙，还有什么能在这些堡垒中耕耘！

顿悟：
一条龙——无龙——
一种象征，根据定义，是：

“一个拥有强大力量的人。”

建造山堡是为了
抵御从森林中蔓延的寒冷，
有人这样认为；
或者是为了抵御
来自森林的生肉食者，
另一些人这样认为；
或者是为了抵御
来自森林的入侵者，
还有人这样认为。

但不，龙的耕耘并没有建起那些山堡，
我们的祖先把它们包围
在每一个城镇和村庄
以保护龙
免受从森林散发出的寒冷，
从森林里的生肉食者，
以及潜伏在森林里的入侵者的伤害。

顿悟：
龙——无龙——
一种象征，根据定义，是：
“拥有巨大力量的人
其目的是遵守我们的习俗。”

所以乌克兰各地都在崛起，

环绕着每一座城镇和村庄
巍峨的山堡，
龙山堡，
仍然保护着我们的龙，
仍然保护着我们的习俗。

山堡一年比一年高，
不是因为我们，竭尽全力，一点一点地建造它们。
而是因为勇士的坟墓使它们向上隆起，
我们的龙的守护者，
我们习俗的捍卫者
埋在山堡里，
在每座城镇和村庄周围。

我死后，
把我埋在龙山堡，
这样，我们乌克兰周围的龙山堡
就会随着写这首诗的纸张厚度
增高。

“如果你闭上眼睛”

—— 基辅八零后女诗人伊雅 · 吉瓦诗选

伊雅 · 吉瓦（Iya Kiva, 1984—　）

伊雅 · 吉瓦是一位住在乌克兰基辅的诗人、翻译家和记者。她毕业于顿涅斯克国立大学，2014 年夏天因战争爆发逃离家乡，搬到基辅。她用俄语和乌克兰语写作，著有《远离天堂》（*Podal'she ot raya*，2018）和《冬天的第一页》（*Persha storinka zimy*，2019）两部诗集，她的诗歌和翻译获得了无数奖项。吉瓦的诗歌已经在美国《渐近线》《文学中心》《洛杉矶书评》《无国界的词》及其他刊物翻译成英文发表。

早餐

你掰成两半的面包用人类的声音说话
一半是你母亲的声音
确认她爱你
死去的母亲那死去的爱爱着你
死去的人爱你
死去的母亲爱你

你沉默地坐着打嗝
你在口袋里发现了尤里·加加林的尸体
你点燃一支烟

另一半用被你强奸的女孩的声音说话
肯定她永远，绝对不会爱你
她希望你和你母亲死
你他妈的母亲
你操过的女孩跟你他妈的死去的母亲打招呼
每天早上在收音机里

你沉默地坐着打嗝
你在口袋里发现了盖尔曼·蒂托夫[1]的尸体
你点燃一支烟

等待检察官的总结

---

1 苏联宇航员。

“你站在一个完全陌生的城市中心”

你站在一个完全陌生的城市中心
在最著名的墓地中心
你读到波兰语的铭文
你听见波兰游客的声音
墓碑墓碑墓碑
他们在用波兰语寻找一个人的死亡
你在用乌克兰语寻找一个人的死亡
如果你的亲人们没有被迫成为用俄语
到顿巴斯寻找死亡的回声
那么他们可能被埋在这里
那么就一直在乌克兰的另一边
一个黑色长发的女孩
蠕动着她的嘴唇翻译死亡的语言
在墓地里寻找关于你家人的碑文

“最致命女狙击手”奥莱娜的诗

奥莱娜·比洛泽斯卡（Olena Bilozerska, 1979—　）

奥莱娜·比洛泽斯卡，乌克兰诗人、记者和人权活动家，出过名为《一个非法士兵的日记》（*Diary of an Illegal Soldier*）的畅销书，在乌克兰颇负盛名。2014 年奥莱娜弃笔从军，以志愿役狙击手身份参加顿巴斯战争，作战时干掉了至少 10 名敌人，不畏危险在建筑物残垣和战壕中战斗，战功赫赫。2017 年，一段她利用热像仪狙杀敌人的视频在网上曝光，被外媒封为“最致命女狙击手”。2018 年起，她在海军陆战队以军官身份服役，2020 年复员。她的诗句像她的枪法一样用词精准，干脆利落。

退休

很久以前，在故事的开端，
如今被遗忘在时间的迷雾中。
老者，荣耀的参战人员
过着平静的生活，退役老兵。

安静，普通老人的生活方式
不会引起担心和焦虑，
一旦正义骑士出现，
恐惧会使每个罪犯谦卑。

任何恶棍都不敢提出异议。
他们唯一希望是主的怜悯，
主的荣耀激发了动力——
此人捍卫公平和法律。

现在如何？他总是拄着手杖。
人们不理会他的日常生活。
永恒的梦想——衰老的诅咒，
我知道，你所有计划都将落空。

这很自然，他年近九十，
意识到：一切都过去了，永远过去了。
在那些事件中，他的记忆不断发现
一个特别清晰而快速的回归。

那件事，尤其令人心碎，
让他无法安然入睡。
清楚地记得俘虏的行为——
人的手不会抓住他。

他们拖着他——目的是什么？
他们的指控——毫无意义。
他记得时间逝去，争吵。
感到悲哀，他没有追问他的观点。

很多事情可以重述，细节在地狱里。
这个过程很特别，在那个时候……
参与者，故事，是永恒的。
老兵名叫本丢·彼拉多。

乐天派的梦

我知道，迟早会忘记你的背叛：
有你在我身边，就会从白日梦中醒来。
我将乐意清除所有过去记忆的混乱，
在希望中活得长久，再次感受你的爱抚。

邪恶不是大谎言，而是类似真理的小碎片

——尤里·伊兹德里克的诗

尤里·伊兹德里克（Yuri Izdryk, 1962—　）

尤里·伊兹德里克出生于伊万诺－弗兰科夫斯克州的卡卢什。他是来自卡卢什的诗人、小说家和文学评论家。1986年，被派往切尔诺贝利灾难现场帮助清理放射性废物。1990年起担任前卫文学杂志《切特维尔》主编。他是乌克兰另类文学和文化的杰出人物，四本乌克兰语小说的作者：《克尔克岛及其它故事》（*The Island of Krk and Other Stories*，1993年）、《沃采克》（*Wozzeck*，1997年）、《双莱昂》（*Double Leon*，2000年）和AM™（2004年）。《沃采克》的英文译本出现在2006年。

看不见的黑暗

邪恶已消溶在我们的世界里，正如冰化成水
无形地扩散，像空气中的薄雾
在最深最黑暗的深渊中摸索，你的搜寻将徒劳
你不能说邪恶在这里，邪恶在那里

因为它的孢子散布在地球孔隙中，均匀而光滑
你可以在任何时间、任何地点遇见它
因为邪恶不是大谎言，而是类似真理的小碎片
它的转移闪烁，像我们每个人身上的晶体

因为邪恶存在于读者中——而不是吠陀经、圣经或可兰经里
邪恶不能领导，它引诱——我们每个人都必须做出决定
是否要上鼓点声召唤的战场
是否要去追逐闪耀的、粗俗的、血腥的骗局

邪恶恳求怜悯，虽然它不知道怜悯之道
要求牺牲，却不给任何人一分钱
因为邪恶看见你脸上一滴泪就会欢喜
它真的把别人的眼泪当作无聊的乐趣

就像黑人和白人融合于舞蹈而不是冲突中
就像祈祷和亵渎混杂在灰色喧嚣里
邪恶无法辨别——就像死神在你我身上播种
邪恶已与世界融合——就像它已消失

我俩在一起时，我相信光明、爱、温暖
和征服无形黑暗的仁慈
阴影会消退，邪恶会暴露——可悲的、毫无价值的东西
我俩会大笑，会当着它的面大笑

爱

这场战争不是战争——而是不杀人的时机
这份爱情不会致死——而会长久地持续
这个时候需要的是互相保护
通过稳定的步枪瞄准器看世界
通过每个显微镜审视我们自己
每小时每分钟所有时间都注视着你
互相保护——保持冷静，继续前进
燃烧到地面，然后烟雾一样上升
这场战争不是战争——而是某种火热的激情
这份爱是永恒的——就像永远逝去的瞬间
我们跌进谷底，陷入新天堂
有一条绳子把我们紧绑在一起
那根绳子在我们之间是保险丝

“沙丁鱼醉鬼在番茄酱里打滚”

——亚历山大·卡巴诺夫诗选

亚历山大·卡巴诺夫（Aleksandr Kabanov, 1948—　）

亚历山大·卡巴诺夫生于科尔森。他在基辅州立大学学习新闻学。卡巴诺夫是 11 本诗集的作者，并在俄语主要文学期刊上发表了许多文章。他被认为是同时代俄语诗人的领军人物之一。他获得了许多著名的文学奖项，其中包括俄罗斯奖、国际沃罗辛奖、安托利亚奖和《新世界》文学杂志年度最佳诗歌出版奖。他的诗已被翻译成德语、英语、荷兰语、格鲁吉亚语、乌克兰语、波兰语、哈萨克语和其他语言。自 2005 年以来，一直担任当代文化杂志 SHO（WHAT）的主编和基辅桂冠国际诗歌节的协调员。

当词本身的自然性消失时

当词本身的自然性消失时，
仍死一般生长，树叶不再沙沙作响，
刺耳，园子里的李子不再给人安慰，
你自己，出生在爆炸中心，
被困在盐和腐败的火药中。

杏子悬挂在你头顶，
酸樱桃，它的浆果是没有翅膀的蜻蜓：
如同美妙音乐，这座花园欢欣鼓舞，
这种毒药和葡萄糖没什么区别，
凝入血液，使你的 iPad 瘫痪。

没有一个灵魂敢打扰这种生活方式，
这古老旋律，这帝国衰亡的日落；
这个开罐器不会撕碎引号，
管理员被解雇，小鸟不再鸣叫，
沙丁鱼醉鬼在番茄酱里打滚。

但偶尔，在醒来时庆祝
我自己的诗句消亡，我独自
从文学夜场跋涉而来，星星
变成占卜者的茶叶，我溶化了
睡在废弃的花园里过夜。

在这里，阴影就像记忆中的空白，
打扰咀嚼香肠睡眠的非法移民——
我会挨个痛揍他们一顿，
因为他们的淫荡，他们的饮酒歌，他们的污秽，
但早晨我听见：“我是谁，我在哪里，
到底怎么啦？”清醒时他们祈祷。对谁？

一位俄罗斯游客在度假……

一位俄罗斯游客在度假
像战士在战斗前一样放松
明天刺刀子弹
他不能后退：在他身后
是刽子手处决营

一位俄罗斯游客在度假
在他的脑海里，冬天严酷
霜冻鹿云莓下塔吉尔
你住过下塔吉尔吗？
甚至一月也喜欢
上塔吉尔或彼尔姆

一位俄罗斯游客在度假
但他没有忘记提醒土耳其人
俄土战争和施普卡战争
建造阿斯旺大坝的埃及人
集中营里的德国人，以及
事实上他们是德国人

假期是政治教育
麻醉是伏特加
一首俄罗斯歌曲是一种警告
如果你听见一个瑞典人呻吟
在大厅里被殴打
一根尖叫的杆子沉没水池中
我知道这没什么：只是一位俄罗斯游客
一位俄罗斯游客在度假

“我想做个淑女，而不是被战争蹂躏的破布”

——敖德萨诗人柳德米拉·赫尔松斯卡诗选

柳德米拉·赫尔松斯卡（Lyudmyla Khersonska, 1964—　）

柳德米拉·赫尔松斯卡出生在摩尔多瓦的蒂拉斯波尔。她的诗集《你所有的》（*V sesvoi*）被评为2011年十佳诗集之一。她曾获得多个文学奖项。她的诗歌出现在许多杂志上，包括《新世界》（*Novyi mir*）、《横幅》（*Znamia*）、《赫列沙迪克》（*Kreshchatik*）、《诗歌》（*Interpoeziia*）和《大方向》（*Storony sveta*），并被翻译成乌克兰语、立陶宛语和德语。她在莫斯科、基辅、利沃夫、慕尼黑和纽约举行诗歌朗诵。赫尔松斯卡还把英语诗人翻译成俄语，包括弗拉基米尔·纳博科夫和谢默斯·希尼。她多次在自由电台（Radio Liberty）上读她写的关于这场战争的诗歌。赫尔松斯卡住在敖德萨。

埋在人脖子里的子弹……

埋在人脖子里的子弹看起来像一只眼睛，
回望命运的眼睛。
谁向他开枪的？谁下的命令，哪个人？
谁来埋他，多少钱？
至于人性，战争是开始也是结束。
无论谁攻击你，都不要转身。
耶和华说："因为我的子民愚蠢，他们不认识我，
他们是愚蠢的孩子，没有悟性。
但孩子们觉得自己像机器一样强壮，
批量生产，有很多裁缝做修补：
有些女士修补漏洞，有些女士修补颈骨，
还有更多的人缝上从手上扯下来的纽扣。
耶和华说：他们行恶是有智慧的——但是，
耶和华说——他们不知道怎样行善。
但孩子们，如果能活下来，说那是运气，
如果他们死了，他们会以为是昨天，
今天是新的一天，
女裁缝拿着裹尸布站在那里，对他们说："穿上这个。"
我们忍受旌旗和号角召唤我们 进入战斗
要到几时呢？
什么野兽醒了？我们的特种部队在哪里登陆？
谁从背后开枪打了那个人？谁下的命令？
谁来埋他，多少钱？

我在院子里种了一棵茶花……

我在院子里种了一株茶花。

我想做个淑女，而不是被战争蹂躏的破布，

垂下我的睫毛，放下一只轻盈的手套，

戴上红珠子，穿上漆皮靴子，

我倾听：有没有爆炸声，

有没有人践踏大地的声音……

“一颗子弹想要吻你”
——玛丽安娜·基亚诺夫斯卡诗选

玛丽安娜·基亚诺夫斯卡（Marianna Kiyanovska, 1973—　）

玛丽安娜·基亚诺夫斯卡出生在利沃夫州的若夫克瓦。她是一位作家、翻译家和文学学者。她是九本诗集和一本小说的作者。她还翻译了六本独立创作的诗集（来自波兰和白俄罗斯）。基亚诺夫斯卡获得过许多著名奖项，包括约瑟夫·康拉德·科尔泽尼奥夫斯基文学奖（2011）和基辅桂冠文学奖（2011）。2014 年，《福布斯》乌克兰版将她评为目前在乌克兰工作的十大最具影响力的作家之一。她住在利沃夫。

我醒来，叹了口气，奔赴战场……

我醒来，叹了口气，奔赴战场，
因为紫丁香已经凋谢。
我擦洗，我切下手掌的皮
从我手中喂给死亡。
但死亡不是饥饿的雏鸟
——一只刚出生的布谷鸟——求我原谅。
别走，她恳求道，
什么也没有。
我也有灵魂，她说。
紫丁香凋谢了，
果园会开花，
战争将会结束。

眼睛，一只灯泡，描绘自己的床……

眼睛，一只灯泡，描绘自己的床，
召唤记忆——还没活过来，但是
开始了。甚至是我有生以来的第一次战争——
并不意味着死亡——只是烟雾。
一具白骨，一杯节日的水——
倒空，碾碎，抬出房间。
蓟草低语：起来吧，行动。
一颗子弹想要吻你。

一位士兵母亲的诗

——利沃夫诗人哈琳娜·克鲁克诗选

哈琳娜·克鲁克（Halyna Kruk, 1974—　）

哈琳娜·克鲁克出生在利沃夫。她是一位诗人、小说家和乌克兰中世纪文学学者。她写了四本诗集，并获得一些授予年轻诗人的乌克兰最高奖项。她还为儿童和年轻人写书。2003 年，她获得了波兰文化部颁发的奖学金。她在利沃夫大学教文学。

一个名叫希望的女人

一连下了四个月雨
摧毁庄稼，践踏花园
它们就像新兵
辛勤浇灌路边灌木丛
只要能放慢对外战争的步伐

我们谁也不知道
战区究竟在哪里
谁也不知道损失的真正范围
当一个名叫“希望”的女人来鼓舞我们的精神时
她不想死

她告诉我们，每个人，都带着自己的战争
和武器
他们会坚持到底，
胜利是一个妓女——她不在乎她躺在哪里
她属于任何人

我们听着隆隆雷声从她喉咙里传出
她给我们唱奇怪的进行曲和摇篮曲
她的每一滴唾液都是万金油
含着爱的毒

她警告说，因为每个女人，都知道这种爱
会让她堕落，把枪管塞进她嘴里
却不会杀死她。之后，雨水穿过她，
一群又一群士兵
洗掉血迹。

有人站在你与死亡之间……

有人站在你与死亡之间——但是
谁知道我的心还能站在——
你所在的地方，这是这么重要
即使不双手合十跪下
也会用自己的话
为你祈祷

摘掉花园里草莓的茎杆
我想起，你小时候我如何责骂你
还没等草莓成熟就把它们压碎

我的心在低语：死神，他还没有成熟
他仍然青春，在他的生命中，没什么
比没洗过的草莓更甜
我求求你，上帝啊，不要把他放在前线，
请不要让火箭雨落在他身上，啊，上帝，
我甚至不知道火箭是什么样子，
我的儿啊，我无法对自己描绘战争

“为即将来临的黑暗指明道路”

——奥斯塔普·斯莱文斯基诗选

奥斯塔普·斯莱文斯基（Ostap Slevynsky, 1978—　）

奥斯塔普·斯莱文斯基出生在利沃夫。他是诗人、翻译家、散文家和文学评论家。他写了四本诗集。他曾获得安东尼奇文学奖（1997）、东欧青年诗人休伯特·布尔达奖（2009）和科瓦利夫基金奖（2013）。2006年至2007年，斯利文斯基在利沃夫的出版商论坛上协调了国际文学节。2016年，在论坛期间，他协助组织了“文学对抗侵略”系列读书会。斯莱温斯基的翻译作品为他赢得了波兰大使馆的翻译奖（2007）和波兰文化奖章（2014）。2015年，他与作曲家波丹·赛因（Bohdan Sehin）合作创作了媒体演出《准备》，献给乌克兰东部战争的平民受害者。斯莱文斯基在伊万·弗兰科国立大学教授波兰文学和文学理论。

1918

有时连一颗炸子
也只留下很小痕迹。
同样，我对那场战争的记忆是
有一天，临近结束，
一匹马
在火车转弯时
从月台上摔下来
没有人
回来找他，也没有人
从路堤下面把他扶起，
孩子们给他草吃，
他躺在那里，
腿断了，眼睛呆滞，
炭黑色，
像撤退的黑夜留下信号
为即将来临的黑夜
指明道路。

2014 年的一幕

“多年来，每当凌晨三四点钟
他下夜班回家，我都会醒。
他洗了很长时间的澡，
上床睡觉时，黑得像煤块，
在黑暗中
几乎看不见。他是不是一夜之间消失了？”
　　　　　　　　　　　　　　　　　　我们沉默着。

不一会儿，她突然大笑：几个孩子
从我们身边跑过，跌了一跤，
正好倒在他手里的
面粉袋上，
　　　　他的运动鞋高高飞进
一小朵白云的中心——
那么白，这次爆炸，
她说，那么安静。

“不再是柳芭，只是一个疤”

——柳芭·亚金丘克诗选

柳芭·亚金丘克（Lyuba Yakimchuk, 1985— ）

柳芭·亚金丘克出生在卢甘斯克州的珀伏麦斯克。她是乌克兰诗人、编剧和记者。她是《喜欢时尚》《顿巴斯的杏子》等几部长篇诗集的作者，她还写有电影剧本《世界的建筑》。亚金丘克获得的奖项包括国际斯拉夫诗歌奖和国际“词的加冕”文学大赛奖。她的作品出现在乌克兰、瑞典、德国、波兰和以色列的杂志上。她与乌克兰低音提琴手马克·托卡（Mark Tokar）进行了音乐和诗意的二重唱；他们的项目包括《顿巴斯杏子》和《女人、烟和危险的东西》。她的诗歌由玛丽安娜·萨多夫斯卡（Mariana Sadovska）在科隆表演，由声乐家奥莱夏·兹多罗维茨卡（Olesya Zdorovetska）在都柏林即兴演唱。她也是一名文化经理。2012 年，她组织了致力于乌克兰未来主义的“谢缅科年”（Semenko Year）项目，并策划了 2015 年的文学项目“唐库尔特”（Donkult）文化论坛。她是波兰文化和国家遗产部“高德·波洛尼亚”（Gaude Polonia）项目的学者。2015 年，基辅的《新时代》杂志将亚金丘克列为乌克兰 100 位最具影响力的文化人物之一。

死于高龄

爷爷奶奶去世了
他们死在同一天
同一个小时
同一刻——
人们说，他们寿终正寝

他们的母鸡死了
还有他们的山羊和狗
（他们的猫出去了）
人们说，他们寿终正寝

他们的棚屋倒塌了
变成废墟
地下室也被泥土覆盖
人们说，一切随着年老而崩溃

他们的孩子来为爷爷奶奶下葬
奥尔加有身孕
谢尔盖醉醺醺
索尼娅才三岁
他们也都死了
人们说，他们寿终正寝

寒风吹落黄叶，把他们埋在下面
爷爷，奶奶，奥尔加，谢尔盖和索尼娅
都是寿终正寝

分解

东部前线没有任何变化
唉，我已经受够了这里
死亡那一刻，金属变热
人变冷

别跟我提卢甘斯克
它早已变成汉斯克
路被夷为平地
夷为猩红色人行道

我的朋友是人质
联系不上，我无法做涅茨克（netsk）
把他们从废墟下的地下室里
拖出来

你却在这里写诗
理想的、精致的诗
高尚的镀金的诗
美丽如刺绣

没有关于战争的诗
只是分解
只剩下字母
它们都发出一个单一的声音——RRR

珀伏麦斯克（Pervomaisk）

被分解为珀伏（Pervo）和麦斯克（maisk）

在原始的流动中变成粒子

战争又一次结束

和平尚未到来

我的德布（deb），阿尔茨（alts），伊沃（evo）呢？

没有诗人会在那里重生

没有人存在

我凝视着地平线

它已经缩小成三角形

向日葵把头埋在地里

黑而干枯，像我

我已经很老了

不再是柳芭

只是一个疤

“在人人都活着的天空下”

——玛丽嘉娜·萨夫卡诗选

玛丽嘉娜·萨夫卡（Marjana Savka, 1973—　）

玛丽嘉娜·萨夫卡出生在捷尔诺波尔州的科佩钦齐。21岁时，她出版了自己的第一本诗集《裸露的河床》。此后，她还出版了另外八本书，其中包括四本诗集和三本儿童读物，并因此获得了多个奖项。作为一名前演员和记者，她编辑了《我们与她》（*We and She*），这本诗集收录了她居住的乌克兰利沃夫的女性作家的作品。她和丈夫共同创办了老狮子出版社。她是“火炬奖”（1998）和国际瓦西里·斯图斯（Vasyl Stus）奖（2003）的获得者。

原谅我，亲爱的，我不是一个战士……

原谅我，亲爱的，我不是个战士。
每次你凝视我的脸，
我都告诉你：
我有一把割柳条的刀——
我可以给你编篮子——
如果你愿意，我可以给你织一只鸟，
在它的眼睛里种上紫罗兰。
我不是个战士，亲爱的，
我有一把在小树上
修剪树枝的刀。
你好久没到花园来了。
樱桃就要熟了。
亲爱的，为什么你的头发变得灰白？

一月把他拉开……

一月把他拉开
二月把他打翻在地
把血吐在雪里
他等待着他的行军——
但不知道在什么海岸
他可以依靠
上帝，什么样的日历——
一击又一击
他的心伤痕累累
在这些奇怪的月份：
死亡十一月，悲伤十月，苦痛九月
在那里，连树
都倒着生长，树冠长成树根
他太年轻，几乎没活过
却彻底死了
然后有一天
战争随他而去
他在五月重生
在草丛中
也许他并没有真的死
只是躺在草地上
在广阔天空下
在人人都活着的天空下

触摸不再裂开的伤口

——奥克萨娜·卢契希娜诗选

奥克萨娜·卢契希娜（Oksana Lutsyshyna, 1974—　）

奥克萨娜·卢契希娜出生在乌日霍罗德。她是作家和翻译家，也是位于奥斯汀的德克萨斯大学（University of Texas）乌克兰研究的讲师，在那里教授乌克兰语和东欧文学。她拥有佐治亚大学比较文学博士学位。奥克萨娜独自翻译，或与奥莱娜·詹宁斯、凯文·沃恩和丹尼尔·贝尔格莱德合作翻译。她翻译的瓦西里·马赫诺（Vasyl Makhno）、玛丽安娜·基亚诺夫斯卡（Marianna Kiyanovska）、博丹纳·马蒂亚什（Bohdana Matiyash）及其他乌克兰作家的诗歌和散文发表在《邮路》杂志、《狼，乌克兰文学》翻译期刊、《圣彼得堡评论》等刊物。她的原创作品包括两部小说、一部短篇小说集和三部诗集，均在乌克兰出版。她最新的小说入围乌克兰BBC奖。

我梦见爆炸

有人对灌木丛打着打火机点燃
看不见的火
用一只看不见的手

地球上没有安全的地方
没有地球了
什么也没有
我们怎么从这句话开始：
“什么都不存在”？

整个身体变成了视觉器官
为真正的视觉
找到一个立足点
你从这个筛子般的世界上掉下来
你看：它不在那里，
它是一个错觉

为什么还会疼呢
那么剧烈

不要碰活生生的肉体……

不要碰活生生的肉体
如果有必要，触摸不再裂开的伤口
这个肉体——让我拥抱它
用我自己盘绕着它
别管它，让我把它带回家
活在肉体的船上
这夏天坚决的花
这最多汁的浆果

“哭吧，用你温暖的双手打破黑暗”

——“年度风云人物”、诺奖候选人谢尔希·扎丹诗选

谢尔希·扎丹（Serhiy Zhadan, 1974—　）

谢尔希·扎丹出生于卢甘斯克州的斯塔罗比尔斯克。他是乌克兰诗人、小说家、散文家和翻译家，还是歌手和音乐家。他是乌克兰独立后一代最受欢迎的诗人。评论界认为“他彻底改变了乌克兰诗歌”。

他先后出版了二十多本书，包括诗集《迷幻的战斗故事及其它胡扯》（2000）、《战争与重建的歌谣》（2000）、《世纪初的文化史》（2003）、《莉莉·马琳》（2009）和《玛丽亚的一生》（2016）。他的小说和短篇小说集包括《汉堡包》（2003年）、《乌克兰的无政府状态》（2005年）、《民主青年赞歌》（2006年）、《美索不达米亚》（2014年）。

2014年，他获得了乌克兰BBC“十年图书”奖，2006年和2010年又分别获得了BBC“乌克兰服务之书”奖。他获得过休伯特·布尔达青年诗人奖（奥地利，2006）、扬·米哈尔斯基文学奖（瑞士，2014）、安杰勒斯中欧文学奖（波兰，2015），乌克兰总统奖“乌克兰年度图书”，2016年）。

2022年3月5日，波兰科学院推荐他为诺贝尔文学奖候选人；5月13日，谢尔希·扎丹被评为“年度风云人物”。扎丹住在乌克兰哈尔科夫。

她十五岁，在火车站卖花

她十五岁，在火车站卖花。
阳光和浆果使矿井外的氧气变甜。
火车停了一会儿，再往前开。
士兵去东方，士兵去西方。

没人会留在她的城市。
没人想带她一起去。
她想，早上站在她的摊位，
亲爱的，原来，这个地盘，也许值得拥有。

原来，你不想离开它太久，
事实上，你想牢牢抓住它，
原来，这座旧火车站和空荡荡的
夏日全景，对爱情已经足够。

没人给她一个好理由。
没人给她哥哥的墓送花。
在梦中，你听到在黑暗中形成的祖国，
就像寄宿公寓里少年的脊梁。

光明和黑暗如影随形。
夏天的阳光流入冬天。
今天发生的一切，对每个人来说，都叫做时间。
最重要的是，要明白这一切都发生在他们身上。

她的记忆正在形成，安慰正在形成。

她认识的人都出生在这个城市。

晚上，她会想起每一个离开的人。

当没人可回忆时，她睡着了。

犀牛

她已经坚持半年。
她观察死亡有半年
就像你在动物园里观察犀牛一样——
黑暗的合拢，
沉重的呼吸。
她很害怕，但不移开视线，
不闭上眼睛。

这很可怕，真的很可怕。
这是应该的。
死亡是可怕的，它让人害怕。
血月恶臭的气味很可怕。
看见历史是如何被创造很可怕。

半年前，一切都完全不同。
半年前，每个人都不一样。
当星星落在水库上
没人害怕。
当烟雾从黑土裂缝中升起，
没人吃惊。
在午夜的街道上，
在喧闹里，在车灯照耀下，
在死亡和爱情中间
她把脸埋在他的肩上，

她用拳头拼命捶打他，
在黑暗中哭泣，尖叫。
“我不想，”她说，“看到这一切。”
“我无法承受这一切。
“我要这么多人死干什么？”
“我该拿它怎么办？”

面对死亡你能做什么？
背着它，
像个吉普赛小孩——
没有人喜欢他，
他谁也不爱。
爱是如此的少，
爱是如此无助。

哭吧，用你温暖的双手打破黑暗。
哭吧，别走开。
世界再也不会是以前的样子。
我们永远不会让它
像以前一样。

寒冷的街道上，亮灯的窗户越来越少。
商店橱窗周围，无忧无虑的路人
越来越少。
在地狱般的秋日黄昏，田野和河流凉爽。
篝火在雨中熄灭。
城市在夜晚变得麻木。

附录：译作者

白凹

1997年出生，诗人，译者，英国诗歌研究青年学者，已发表澳大利亚诗人莱斯·穆雷诗选《正午伐木工》译作。

蔡天新

1963年出生，主要文学作品有诗集《彼岸》《梦想活在世上》，散文集《横越大陆的旅行》，传记《与伊丽莎白·毕晓普同行》。现居杭州。

陈子弘

诗人、译者，1966年出生于成都，现居成都。出版诗集《在河边》(2001)，翻译过多个当代外国诗人的诗作，也英译过柏桦及其他当代中国诗人的诗。

崔奕雄

青年译者，诗歌翻译团体“The Tenonists 塔内”联合创始人，毕业于北京大学翻译专业。曾翻译多场艺术展览。主要研究方向：翻译理论，艺术与诗歌翻译。

郭锦萍

海南大学外国语学院副教授，诗歌文学爱好者。

何勿思

山西人，毕业于北京大学中文系，现居北京。多年从事媒体编辑工作，现专注于历史写作，文学和历史的信徒，爱与美的追求者。

胡桑

诗人、译者、学者。哲学博士。德国波恩大学访问学者、中国现代文学馆特邀研究员。著有诗集《赋形者》、散文集《在孟溪那边》、评论集《隔渊望着人们》《始于一次分神》。现任教于同济大学中文系。

黄真

地方志工作者，文学与历史爱好者，从译十余年，译著有《海与毒药》（远藤周作）、《孩子们》（伊坂幸太郎）、《毕业》（东野圭吾）等。

蒋昌建

著名节目主持人。复旦大学国际关系与公共事务学院副教授，耶鲁大学政治学系博士后。

郎思达

译者，澳门大学文学与跨文化专业在读博士，葡汉翻译专业硕士。译有多位葡语作家作品，如《祭父书》《伊斯梅尔的手》《故事之旅：葡语作家选集》《阿莱格雷的诗》《保罗·莱明斯基诗选》。

李海

译者，曾为《第一财经日报》编译书评、时文等。译著有：青春成长小说《秘密天堂》《有爱，有明天》及传记《成为拿破仑》（合译）等，译有乔伊·哈乔、托伊·德里科特及阿什贝利等诗人作品，见于文学刊物或公号。

李金佳

诗人，学者，译者。1973年生于哈尔滨，巴黎大学比较文学博士，现任教于法国国立东方语言文化学院（INALCO）。1990年代末开始文学创作，短篇小说《平沙落雁》获法国青年法语作家一等奖。出版汉语诗集《黑障》，法语散文诗集《梦的复兴》，另有译著若干。

李礼

文史作家，法学博士，曾任多家媒体主编，著有《转向大众：晚清报人的兴起与转变（1872—1912）》《求变者：回首与重访》《古今之变：现代中国的困惑——历史学家访谈录》等。

梁余晶

湖南常德人，诗人、译者、哲学博士，任

教于湖南工商大学，现为北京师范大学访问学者。

廖伟棠

诗人、作家、摄影家，曾出版诗集《野蛮夜歌》《春盏》《后觉书》《半夜待雪喊我》等十余种，散文集《衣锦夜行》《波希米亚香港》《寻找仓央嘉措》《我偏爱读诗的荒谬》，小说集《十八条小巷的战争游戏》等。译作包括仓央嘉措诗选、图像小说《这里》、李欧纳·科恩诗集《焰》和鲍勃·迪伦歌词全集（合译）。

刘海燕

英语语言文学博士，中国英汉语比较研究会诗歌研究专业委员会理事，施耐德研究中心研究员，长期从事美国现当代文学与绘画诗学的研究与翻译，出版学术专著一部：《想象与真实：玛丽安·摩尔的视觉诗学研究》。

少况

诗人，译者，出版了诗集《次要的雪》和《Cy Twombly 的邮戳》，翻译出版了巴塞尔姆的《白雪公主》、布劳提根的《在西瓜糖里》以及阿什贝利的诗歌。

王飞

诗人，文学博士，长沙学院副教授，参译《蒲龄恩诗选》。

王天宽

著有诗集《开房间》、《如果上帝有玩tinder》，文集《告别等于死去一点点》，译有《焰：加拿大传奇民谣诗人李欧纳·科恩最后的诗歌与手稿》（与廖伟棠合译）。曾获台湾文学金典奖、林荣三文学奖、台北文学奖、台中文学奖及凤凰树文学奖。

魏琛璐

译者，舞者，北京大学翻译专业在读。译作在多种刊物上发表，生活·读书·新知三联出版社签约译者。

许知远

知名作家，毕业于北京大学，著有《青年变革者：梁启超（1873～1898）》《那些忧伤的年轻人》《中国纪事》《我要成为世界的一部分》《转折年代》《纳斯达克的一代》《昨日与明日》《思想的历险》《新闻业的怀乡病》《这一代人的中国意识》等。

姚风

诗人、翻译家、澳门大学人文学院教授。曾获“柔刚诗歌奖”、“昌耀诗歌奖”、“澳门文学奖”等奖项以及葡萄牙总统颁授“圣地亚哥宝剑勋章”。

远洋

出版诗集《青春树》《村姑》《大别山情》《空心村》《远洋诗选》等多部。译诗集有《亚当的苹果园》《重建伊甸园——莎朗·奥兹诗选》《夜舞——西尔维亚·普拉斯诗选》《水泽女神之歌——福克纳早期散文与诗歌》《明亮的伏击》《火星生活》《未选择的路——弗罗斯特诗选》等。

张博

法国文学青年译者，本科毕业于南京大学文学院，后旅法九年求学于巴黎索邦大学，钻研20世纪法国文学。代表译作：《愤怒与神秘：勒内夏尔诗选》。